ホオズキくんの
オバケ事件簿《じけんぼ》
7

ネコがおどれば、鬼《おに》が来《く》る!

富安陽子 作　小松良佳 絵

あたしたち「4年《ねん》1組《くみ》のオバケ探《たん》偵《てい》団《だん》」
オバケに関《かん》する相《そう》談《だん》ごとぜっさん受《う》けつけ中《ちゅう》でーす
探《たん》偵《てい》はおれ
オバケが見《み》えすぎてオバケの知《ち》識《しき》はプロレベル
赤《あか》松《まつ》千《ち》裕《ひろ》（おマツ）
鬼《ほお》灯《ずき》京《きょう》十《じゅう》郎《ろう》（ホオズキくん）
チーフはおマツでぼくはなぜか助《じょ》手《しゅ》
橋《はし》本《もと》真《ま》先《さき》（ハシモト、マッサキ）
これまでの事《じ》件《けん》の解《かい》決《けつ》率《りつ》はなんと100%《パーセント》！
けっこうこわいオバケもいたけどね……
できれば見《み》たことがない新《しん》種《しゅ》のオバケに会《あ》ってみたい！

担任《たんにん》の広沢《ひろさわ》先生《せんせい》のオバケ事件《じけん》もバッチリ解決《かいけつ》したわよね！
先生《せんせい》の家《いえ》の鏡《かがみ》がオバケの世界《せかい》に通《つう》じているなんてびっくりしたけど……
オバケ科《か》の病院《びょういん》があっておれと同《おな》じ名前《なまえ》の医者《いしゃ》がいたのにはおどろいたな
鬼灯京十郎《ほおずききょうじゅうろう》（オバケ科《か》の医師《いし》）
そうそうあのおじさんホオズキくんが次《つぎ》の院長《いんちょう》だっていってた
確《たし》かオバケの世界《せかい》へいくかぎをくれたんだよね
ああ、これだホオズキのすず
これをならすととびらが開《ひら》くって……

もくじ

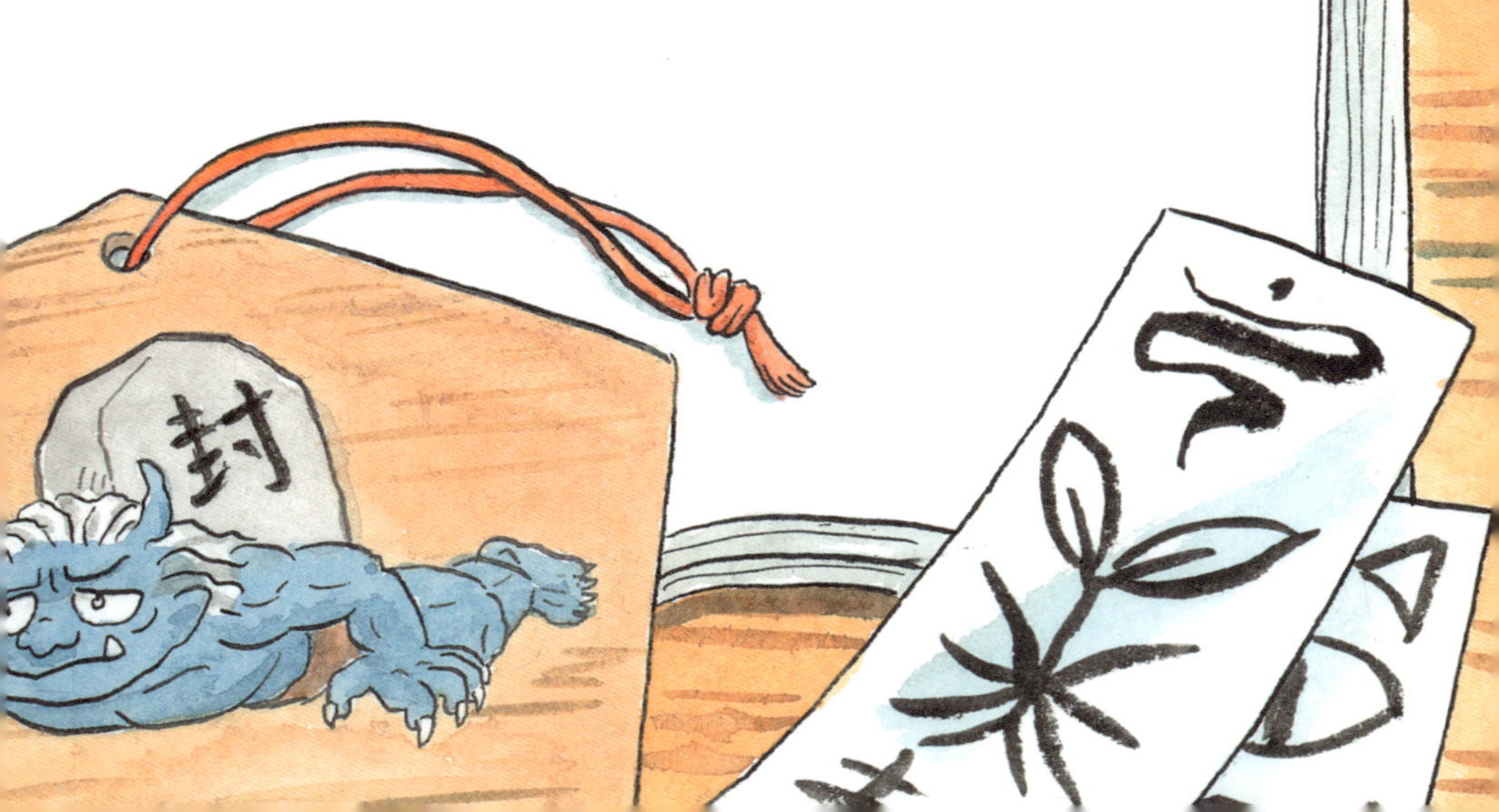

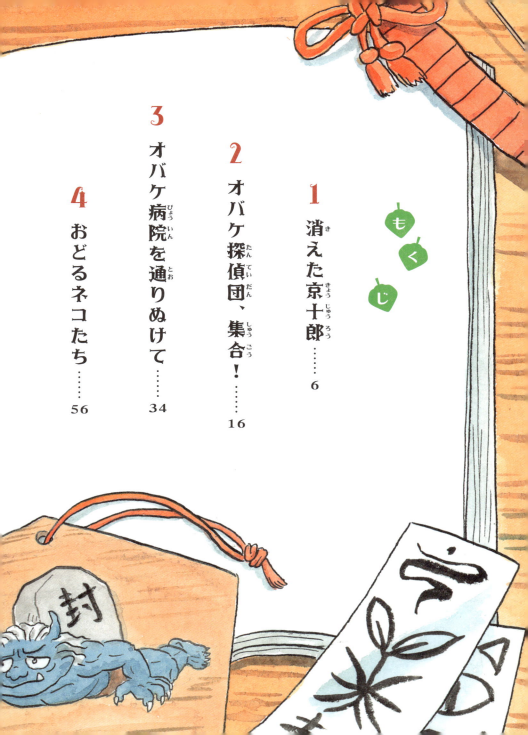

1 消《き》えた京十郎《きょうじゅうろう》

みじかい三学期《がっき》が急《いそ》ぎ足《あし》にすぎ、卒業式《そつぎょうしき》もおわって、校舎《こうしゃ》から六年生《ねんせい》の姿《すがた》が消《き》えた。

終業式《しゅうぎょうしき》まであと二日《ふつか》というその朝《あさ》、いつもの通学路《つうがくろ》を通《とお》って、家《いえ》の近《ちか》くのキリン公園《こうえん》の前《まえ》を通《とお》りかかったぼくのむねの中《なか》に、こんなことばがぽっかりうかんだ。

（ずいぶん、いろんなことのあった一年《ねん》だったなあ……）

そもそもの始《はじ》まりは、去年《きょねん》の四月《がつ》、四年生《ねんせい》がスタートしたあの始業式《しぎょうしき》の日《ひ》だ。

あの日《ひ》、鬼灯京十郎《ほおずききょうじゅうろう》がぼく（橋本真先《はしもとまさき》）のクラスに転校《てんこう》してきたんだ。鬼灯《おにび》って書《か》いて、ホオズキって読《よ》む。このへんてこな名前《なまえ》の転校生《てんこうせい》がやってきてから、ぼくの毎日《まいにち》は今《いま》までと、ガラッとかわってしまった。

だって、京十郎《きょうじゅうろう》はオバケが見《み》えちゃうやつだったから。つきあっているうちに、こっちまで、オバケとかかわることになってしまったんだ。

最初《さいしょ》に会《あ》ったオバケは、カゲビトっていったっけ。三年生《ねんせい》まで仲《なか》よしだった友《とも》だちがひっこしちゃって、さびしくて、ぽっかりあいたぼくの心《こころ》のすきまにとりついた、かげぼうしみたいなオバケ。それを京十郎《きょうじゅうろう》がたいじしてくれたのがきっかけで、ぼくらは友《とも》だちになったんだ。

そのうち、同《おな》じクラスのおマツ（赤松千裕《あかまつちひろ》）が、京十郎《きょうじゅうろう》のオバケが見《み》えちゃう能力《のうりょく》に目《め》をつけて、オバケ探偵団《たんていだん》を結成《けっせい》しようなんていいだして……。

それ以来《いらい》、ぼくたちは三人《にん》で、いくつものオバケ事件《じけん》を解決《かいけつ》してきた。世《よ》の中《なか》には、あんがいオバケがうようよしてるってわかったけど、京《きょう》十郎《じゅうろう》みたいに、いつもオバケが見《み》えちゃわなくて、本当《ほんとう》によかったなあと、今《いま》もぼくは思《おも》っている。

もうすぐ来《く》る春休《はるやす》みのむこうには、五年生《ねんせい》の新《あたら》しい生活《せいかつ》が待《ま》っている。京十郎《きょうじゅうろう》やおマツと、同《おな》じクラスになるかどうかはわからないけど、きっとオバケ探偵団《たんていだん》は続《つづ》けるんだろうな……って、ぼくはなんとなく思《おも》っていたんだ。それなのに……。

その日《ひ》の朝《あさ》、「朝《あさ》の会《かい》」の始《はじ》まりのチャイムがなり始《はじ》めたとき、ぼくは教室《きょうしつ》を見《み》まわして、あれっ？　と思《おも》った。

いつもなら、チャイムぎりぎりまえに登校《とうこう》してくるはずの京十郎《きょうじゅうろう》の姿《すがた》が今日《きょう》はまだ見《み》えなかったからだ。

チャイムがなりおわり、担任《たんにん》の広沢先生《ひろさわせんせい》が教室《きょうしつ》の中《なか》に入《はい》ってきても、京十郎《きょうじゅうろう》は現《あらわ》れない。窓《まど》ぎわの京十郎《きょうじゅうろう》の席《せき》はからっぽのままだ。

（休《やす》みなんてめずらしいなあ。カゼひいたのかなあ？）

なんて思《おも》いながら、ぼくは、日直《にっちょく》の号令《ごうれい》にあわせて、朝《あさ》のあいさつをした。

「今日《きょう》はみなさんに、ひとつ、残念《ざんねん》なお知《し》らせがあります」

いきなり、そういいだした広沢先生《ひろさわせんせい》のことばに、教室《きょうしつ》がちょっとざわついた。みんな、「なんだ？」というように顔《かお》を見《み》あわせたり、首《くび》をかしげたりしている。

「このクラスの仲間《なかま》だった鬼灯京十郎《ほおずききょうじゅうろう》くんが、急《きゅう》に転校《てんこう》することになりました」

「ええ⁉」とぼくがいうより早《はや》く、「ええーっ⁉」とさけんで立《た》ちあがったやつがいる。おマツだ。

おマツは立《た》ったまま、くってかかるように、先生《せんせい》にむかって質問《しつもん》をぶつけ始《はじ》めた。

「なんで？　どうしてですか？　きいてませんけど！　ホオズキくんち、ひっこすんですか？　いつ？　どこに？」

先生《せんせい》はおマツの質問《しつもん》に対《たい》して、遠《とお》い町《まち》の名前《なまえ》を告《つ》げた。ぼくがいったこともない、遠《とお》い町《まち》だ。ぼくは、お腹《なか》の底《そこ》にズシンとつめたい石《いし》をのみこんだような気分《きぶん》になる。

「お父《とう》さんの仕事《しごと》の都合《つごう》で、急《きゅう》にひっこしがきまったんだそうだ。お父《とう》さんは、もう先月《せんげつ》から新《あたら》しいひっこしさきの方《ほう》にいかれていて、春休《はるやす》みには、ほかのご家族《かぞく》も全員《ぜんいん》そっちにひっこすそうなんだが……」

先生《せんせい》は、そこでいいづらそうに一度《いちど》だまりこんでから、続《つづ》けた。

「うちのクラスの京十郎《きょうじゅうろう》くんだけは、ひと足早《あしはや》く、きのうのうちに、新《あたら》しい家《いえ》の方《ほう》へいくことになったからって、けさ、連絡《れんらく》が入《はい》ったんだよ。……なんでも、手伝《てつだ》わなくてはならないことがあって、お父《とう》さんから『早《はや》く来《き》てくれ』ってたのまれたらしい」

「えー!!」と教室中《きょうしつじゅう》が大《おお》さわぎになる。

きのうは、春分《しゅんぶん》の日《ひ》で学校《がっこう》は休《やす》みだった。その休《やす》みの日《ひ》のあいだに、京十郎《きょうじゅうろう》がいなくなるなんて……。

「うっそぉ!」とか、「まじで!?」とか「なんでぇ!?」とか、みんなが口《くち》ぐちにしゃべっている中《なか》で、ぼくの口《くち》からもことばがこぼれでた。

「じゃあ……、じゃあ、もう、京十郎《きょうじゅうろう》には会《あ》えないってこと?」

ぼくの小《ちい》さなつぶやきをききつけて、先生《せんせい》がこっちを見《み》た。

「いやぁ……。でも、きっと、春休《はるやす》みになったら、ひっこすときには一《いち》度《ど》、こっちに手伝《てつだ》いにもどってくるんじゃないか?」

自信《じしん》なさそうな広沢先生《ひろさわせんせい》のことばを、ぼくはぼんやりきいていた。

つめたいお腹《なか》の底《そこ》から、どうしようもないさびしさが、じわじわむねまでのぼってくる。ぼくにも、おマツにもなにもいわないで、さっさといなくなるなんて……。おととい、げた箱《ばこ》の所《ところ》で「バイバイ」って手《て》をふったきり、遠《とお》い町《まち》へいっちゃうなんて……。そんなの、ありかよ?

窓《まど》ぎわの京十郎《きょうじゅうろう》の席《せき》の方《ほう》を見《み》て、ぼくは心《こころ》の中《なか》で問《と》いかけた。

「なによ、それ! ぜったい、ぜえーったい、許《ゆる》せない! なんにもいわないで、かってに、とつぜん、いなくなっちゃうなんて、そんなの、ありえない! 探偵《たんてい》がいなくなったら、オバケ探偵団《たんていだん》はどうなっちゃうのよ!」

おマツは、おこっている。だけど、ぼくにはおマツの本当《ほんとう》の気持《きも》ちがわかる気《き》がした。

おマツも、きっと、すごくさびしいんだ。めちゃくちゃさびしくて、さびしすぎて、腹《はら》が立《た》ってきたんだ。

「なんでだまって、いなくなっちゃったんだよ!」って、どなりつけたいのに、どなりつける相手《あいて》は、ここにはいない。だから、おこってるんだと、ぼくは思《おも》った。

「おうい! みんな、しずかに!」

さわぎのおさまらない教室《きょうしつ》で、広沢先生《ひろさわせんせい》が声《こえ》をはりあげている。

すわる人《ひと》のいない京十郎《きょうじゅうろう》の席《せき》に、もう一度《いちど》、目《め》をむけてみる。

窓《まど》ぎわの机《つくえ》の上《うえ》には、あわい朝《あさ》の光《ひかり》がさしこみ、ガラス窓《まど》のむこうには、雲《くも》ひとつない青空《あおぞら》が広《ひろ》がっている。

もうすぐ春休《はるやす》みだっていうのに……、もうそこまで春《はる》がきているっていうのに、ぼくの心《こころ》にはつめたい木《こ》がらしがふきあれているみたいだった。

2　オバケ探偵団《たんていだん》、集合《しゅうごう》！

「どういうことなのか、ききにいこ！」

一時間目《じかんめ》がおわるやいなや、おマツがとっしんするように、ぼくの席《せき》にやってきて、そういった。

「ききにいくって、どこに？　なにを？」

ぽかんとしているぼくを見《み》て、おマツはじれったそうにいった。

「となりのクラスのホオズキくんに、どうして、うちのクラスのホオズキくんだけ、さっさとひっこしちゃったのか、事情《じじょう》をききにいくのよ。だって、なんか、事情《じじょう》があるでしょ？　あとたった三日《みっか》で春休《はるやす》みなのに、

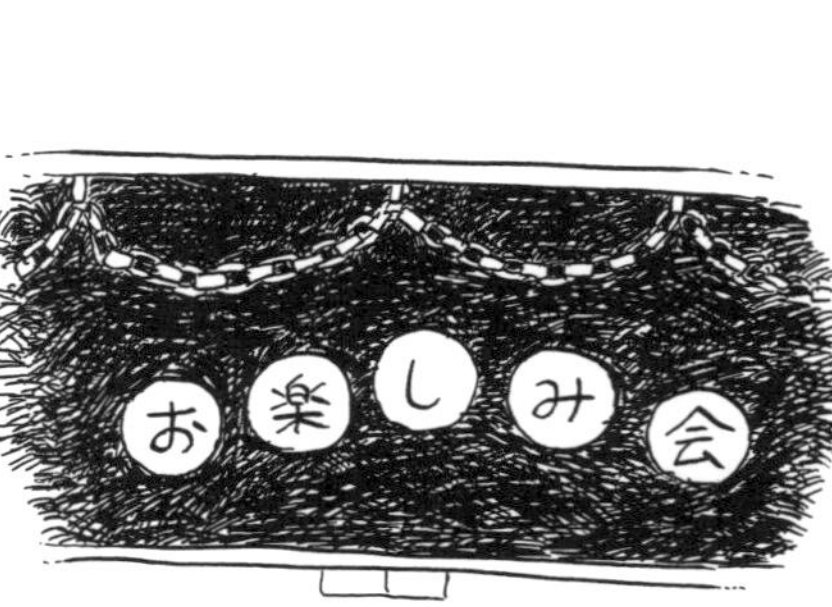

あたしたちにもなんにもいわないで、いっちゃうなんて……」

となりのクラス……つまり四年《ねん》二組《くみ》には、京十郎《きょうじゅうろう》の双子《ふたご》の兄《あに》きの京四《きょうし》朗《ろう》がいる。

おマツのいきおいにおされ、四年《ねん》二組《くみ》の教室《きょうしつ》にいってみたんだけど、残念《ざんねん》。二組《くみ》は学年最後《がくねんさいご》のお楽《たの》しみ会《かい》で、一、二時間目《じかんめ》は多目的教室《たもくてききょうしつ》にいっていて、からっぽだった。
三、四時間目《じかんめ》、今度《こんど》は、ぼくたちのクラスがお楽《たの》しみ会《かい》だったから、ぼくらはまた、京四朗《きょうしろう》をつかまえるチャンスをのがした。
昼休《ひるやす》みのそうじタイムがおわり、やっと二組《くみ》にいってみると、目《め》ざす京四朗《きょうしろう》のまわりには、クラスメイトがむらがっていた。

うちのクラスの、ぶあいそうな鬼灯京十郎《ほおずききょうじゅうろう》とはちがって、フレンドリーな二組《くみ》の京四朗《きょうしろう》は、クラスの人気者《にんきもの》だっていうひょうばんだ。

どうやらホオズキ家《け》のひっこしのニュースは、今日《きょう》、二組《くみ》でも発表《はっぴょう》されたようで、クラスメイトたちは別《わか》れをおしんで、京四朗《きょうしろう》のまわりに集《あつ》まっているのだった。

「あーあ」

おマツがため息《いき》をつく。

「これじゃあ、ホオズキくんのお兄《にい》さんに話《はなし》なんてきけないわね。こうなったら、直接《ちょくせつ》、ホオズキくんちにいって、お母《かあ》さんにきいてみるしかないわ」

「そうだね」

ぼくもうなずいた。

「今日《きょう》、学校《がっこう》の帰《かえ》りに、京十郎《きょうじゅうろう》んちによってみるよ。おマツはどうする？」

「いくにきまってるでしょ！」

というのが、おマツの答《こた》えだった。

だからその日《ひ》の放課後《ほうかご》、ぼくとおマツは授業《じゅぎょう》がおわるとすぐに、ふたりそろって校門《こうもん》からとびだしたんだ。

京十郎《きょうじゅうろう》の家《いえ》は、ぼくの家《いえ》のすぐ近所《きんじょ》だ。おマツの家《いえ》は本当《ほんとう》はぼくの家《いえ》とは逆方向《ぎゃくほうこう》なんだけど、その日《ひ》はいっしょに国道《こくどう》をわたり、急《いそ》ぎ足《あし》で京《きょう》十郎《じゅうろう》の家《いえ》へとむかった。

住宅街《じゅうたくがい》の中《なか》の坂道《さかみち》にさしかかると、その道《みち》の右側《みぎがわ》に、キリン公園《こうえん》が見《み》えてくる。長《なが》い首《くび》を地面《じめん》の上《うえ》にのばしたようなキリンの形《かたち》のすべり台《だい》があるから、キリン公園《こうえん》。

「まえにさ、あの公園《こうえん》でオ、バ、ケ、と、り、したよね」

とおマツがいったので、

「うん」とぼくはうなずいた。

「京十郎《きょうじゅうろう》が、へんてこなランプでオバケを集《あつ》めてつかまえようとしたときだろ？　あのときは、ランプの光《ひかり》にさそわれて、ヤバいオバケまで出《で》てきちゃって、たいへんだったよね」

去年《きょねん》の夏《なつ》の夜《よる》のことを思《おも》い出《だ》し、ぼくとおマツは顔《かお》を見《み》あわせて笑顔《えがお》になった。

でも、そのあとすぐに、さびしさにキュッとむねをつかれて、笑顔《えがお》はどこかにいってしまった。京十郎《きょうじゅうろう》はもう、この町《まち》にいないんだ。

「公園《こうえん》のはじの階段《かいだん》からいこう。階段《かいだん》のぼってった方《ほう》が近道《ちかみち》だから」

悲《かな》しい顔《かお》をおマツに見《み》られたくなくて、ぼくは足《あし》をはやめ、ずんずんキリン公園《こうえん》の中《なか》へ入《はい》っていった。

公園《こうえん》の北《きた》のはしにある階段《かいだん》にむかおうとして、そのときぼくは、ハッと目《め》をあげた。

サクラの木《き》の下《した》のベンチに、だれかすわっている。

ベンチに目《め》をむけたぼくは、「ああっ！」とさけんだきり、その場《ば》にかたまってしまった。

「ええええっ‼」

ぼくのとなりで、おマツもさけんでいる。

ベンチにすわっていたやつが、ぼくらを見《み》て立《た》ちあがる。そして、ひとこと、こういった。

「おっせえよ」

ぼくとおマツが、同時《どうじ》にさけぶ。

「京十郎《きょうじゅうろう》！」

「ホオズキくん！」

「お、おまへ、ひゃんで、ひょこにいるんだ？」

あせりまくったぼくのことばをきいた京十郎《きょうじゅうろう》が、むすっとした顔《かお》で答《こた》える。

「マッサキのこと、待《ま》ってたんだよ。もう、待《ま》ちくたびれたぜ。もっと、さっさと来《こ》いよ。まあ、おマツがいっしょなのはよかったけどな。これで手間《てま》がはぶけた」

「手間《てま》がはぶけたって、なに？」

おマツが、おこったように京十郎《きょうじゅうろう》を問《と》いつめる。

「これ、どういうことなの？　ホオズキくん、ひっこしたんじゃなかったの？　今日《きょう》、広沢先生《ひろさわせんせい》がそういってたよ。お父《とう》さんの仕事《しごと》のつごうで急《きゅう》にひっこすことになったって。おまけにうちのクラスのホオズキくんだけ、ひと足《あし》さきに、お父《とう》さんの所《ところ》へいっちゃったって……。あれ、まちがいだったの？」

「いいや」

と、京十郎《きょうじゅうろう》が首《くび》を横《よこ》にふる。

「ほんとだよ。パパにたのまれちゃってさ。あっちの町《まち》で、おかしなことが起《お》きてるから、調《しら》べるのを手伝《てつだ》ってくれって……。どうも、オバケが関係《かんけい》してるらしいっていうんだ」

おマツが、ハッとしたように目《め》をみはる。

「えっ？　オバケが関係《かんけい》してるって、つまり、オバケ事件《じけん》ってこと？」

「そういうこと」

うなずいて、京十郎《きょうじゅうろう》は続《つづ》けた。

「だから、マッサキとおマツをよびにきたんだ。ふたりともそろってて助《たす》かった。今《いま》からいっしょに来《き》てくれ」

「え？　今《いま》から？」

ぼくは、びっくりしてききかえした。

「だって、すごく遠《とお》くの町《まち》だろ？　京十郎《きょうじゅうろう》のひっこしさきって……。今《いま》からっていうのは……」

「心配《しんぱい》するなって」

京十郎《きょうじゅうろう》がニヤリとわらう。

顔《かお》を見《み》あわすぼくとおマツにむかって、京十郎《きょうじゅうろう》はいった。

「あのさ、おまえたち、このまえの広沢先生《ひろさわせんせい》のマンションのオバケ事件《じけん》、おぼえてるだろ？　あのとき、先生《せんせい》んちの鏡《かがみ》を通《とお》りぬけていった『鬼灯《ほおずき》医院《いいん》』っていう病院《びょういん》おぼえてるよな？　あのとき、あのオバケ科《か》のあやしいドクターがいってたろ？　こっちの世界《せかい》とあの病院《びょういん》をつなぐ出入《でい》り口《ぐち》はあっちこっちにあるってさ。それで、帰《かえ》りがけ、あのドクターがこれをくれたんだ」

京十郎《きょうじゅうろう》はポケットの中《なか》から右手《みぎて》を出《だ》すと、ぼくとおマツの前《まえ》でこぶしを広《ひろ》げてみせた。広《ひろ》げたてのひらの上《うえ》には、ホオズキの形《かたち》の小《ちい》さなすずがひとつのっていた。

「ホオズキのすず……だっけ？」

ぼくの問《と》いかけに、京十郎《きょうじゅうろう》がうなずく。

「そう。こっちの世界《せかい》と、あの病院《びょういん》のある世界《せかい》を

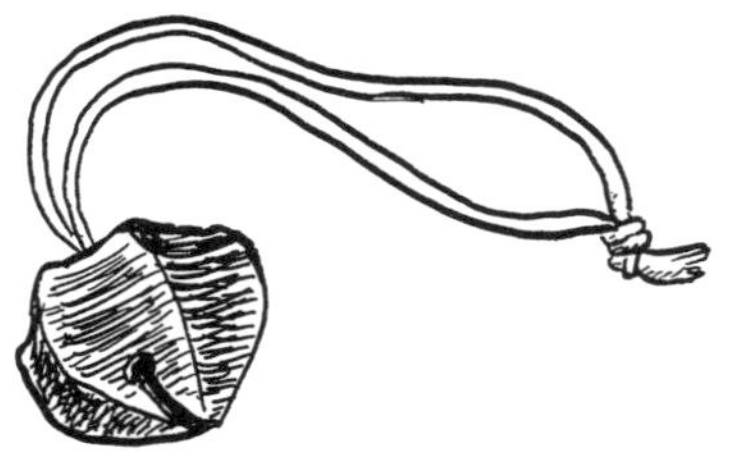

つなぐ出入《でい》り口《ぐち》のとびらのかぎ。それが、このホオズキのすずなんだ」

京十郎《きょうじゅうろう》はそういって、あとを続《つづ》けた。

「このすず、もらったときからどこかに出入《でい》り口《ぐち》がないかと思《おも》って、ずっとさがしてたんだけどさ、こっちの町《まち》ではまだ見《み》つけられてなかったんだ。……で、新《あたら》しい家《いえ》にいって、その家《いえ》のそばで思《おも》いついて、ちょっとためしてみたら、あったんだよ！　なんと、今度《こんど》の家《いえ》のすぐそばに、あの病院《びょういん》へいく出入《でい》り口《ぐち》のとびらが！　すずをならしたら、今《いま》まで見《み》えなかったとびらが現《あらわ》れたんだ。目《め》の前《まえ》に、とつぜん！」

興奮《こうふん》している京十郎《きょうじゅうろう》に、おマツが質問《しつもん》する。

「で、どうしたの？　とびらを見《み》つけて、また、いってみたの？　あのあやしい病院《びょういん》に……」

「いったにきまってるだろ？　今日《きょう》は、あの病院《びょういん》を通《とお》りぬけて、こっちに来《き》たんだぜ」

ぼくは意味《いみ》がのみこめず、思《おも》わずおマツと顔《かお》を見《み》あわせた。

「だから……」

京十郎《きょうじゅうろう》が、めんどくさそうに説明《せつめい》する。

「新《あたら》しい家《いえ》のそばですずをならして、開《ひら》いたとびらから入《はい》って、ホオズキ医院《いいん》にいくだろ？　で、今度《こんど》はホオズキ医院《いいん》から、こっちの町《まち》に出《で》てこられるとびらを通《とお》って、この公園《こうえん》に来《き》たってことだよ」

「え？　それって、もしかして、この公園《こうえん》にもあの病院《びょういん》につながってる出《で》入《い》り口《ぐち》があるってこと？」

おマツがたずねると、京十郎《きょうじゅうろう》はうれしそうにうなずいた。

「そのとーり！」

「どこ？　どこにあるの？」

ぼくがキョロキョロあたりを見《み》まわすと、京十郎《きょうじゅうろう》はニヤニヤしながら、だまって歩《ある》きだした。ベンチの後《うし》ろのサクラの木《き》のおくにむかって進《すす》んでいく。

そこには、古《ふる》ぼけた物《もの》おきがひとつ。中《なか》には確《たし》か、そうじ用具《ようぐ》が入《はい》っているはずだ。

まえに、そうじのおじさんが、あの中《なか》からほうきとかバケツをとりだしているのを見《み》たことがある。

「さがしても、見《み》つからないわけだよな。まさかこんなとこに出入《でい》り口《ぐち》があったなんて……」

物《もの》おきの前《まえ》に立《た》った京十郎《きょうじゅうろう》が、そういってこっちをふりむいた。

「どこに……?」

もう一度《いちど》問《と》いかけようとするぼくのことばをさえぎって、京十郎《きょうじゅうろう》はいきなり、手《て》に持《も》ったすずをならした。

リリリリーン！

ホオズキのすずの音《おと》がひびく。ぼくとおマツが息《いき》をつめて見守《みまも》る中《なか》、京十郎《きょうじゅうろう》が、その古《ふる》ぼけた物《もの》おきの戸《と》に手《て》をかけた。

確《たし》か、いつもはかぎがかけてあったはずなんだけど……。

でも、予想《よそう》に反《はん》して、物《もの》おきの戸《と》は、ガタピシと開《ひら》いた。

「ほら、ここだよ」

そういって、京十郎《きょうじゅうろう》が開《ひら》いた戸口《とぐち》の中《なか》を指《さ》す。

「えっ？　ここって……」

そういって、身《み》をのりだすようにして中《なか》をのぞいたおマツが、「あっ！」と声《こえ》をあげる。

ぼくも戸《と》のむこうをのぞいて、「げっ！」とのけぞった。

開《ひら》いた戸《と》のむこうに見《み》えていたのは、そうじ用具《ようぐ》の入《はい》った物《もの》おきの中《なか》ではない！

なぜか、戸《と》のむこうにはガランとした四角《しかく》い部屋《へや》が見《み》えている。

その部屋《へや》の中《なか》には、デスクとひじかけつきの黒《くろ》い回転《かいてん》いすが一脚《きゃく》。そして、その回転《かいてん》いすには、見《み》おぼえがある、あやしげなおじさんがひとり、こっちに背中《せなか》をむけてすわっていたんだ！

「来《こ》いよ」

京十郎《きょうじゅうろう》は、チラリとこっちをふりかえり、物《もの》おきの戸《と》のむこうの部屋《へや》の中《なか》へ、一歩足《ぽあし》をふみいれて、ぼくとおマツをよんだ。

いわれるままに、ぼくとおマツも京十郎《きょうじゅうろう》のあとに続《つづ》く。

京十郎《きょうじゅうろう》、おマツ、そしてぼくが、物《もの》おきの中《なか》……じゃなくて、物《もの》おきの戸《と》の中《なか》にある四角《しかく》い部屋《へや》に次《つぎ》つぎに足《あし》をふみいれたとたん、黒《くろ》い回転《かいてん》いすにすわった人《ひと》が、いすをまわしてこっちをむいた。

「おい！」

その人《ひと》は、ものすごーくきげんの悪《わる》い顔《かお》でぼくらのことをじろりとにらんだ。

「ここをかってに通《とお》りぬけるな。ここは、おまえたちのための通路《つうろ》じゃないんだぞ」

「だって、いったじゃん。友《とも》だちをむかえにいってくるって。むかえにいったら、またもどってくるにきまってるだろ?」

足《あし》をとめた京十郎《きょうじゅうろう》が、回転《かいてん》いすのおじさん……つまり、世界《せかい》でたったひとりのオバケ科《か》の名医《めいい》、鬼灯先生《ほおずきせんせい》にいいかえすのを、ぼくとおマツはハラハラ見守《みまも》っていた。

3　オバケ病院《びょういん》を通《とお》りぬけて

世界《せかい》でたったひとりのオバケ科《か》の名医《めいい》って、どういうことだ？　と思《おも》うかもしれない。おまけにそのドクターの名前《なまえ》が京十郎《きょうじゅうろう》と同《おな》じ「鬼灯《ほおずき》」なのはなんでなんだろう？　と思《おも》うだろう。

だけど、そこらへんのことを全部説明《ぜんぶせつめい》しようとすると、ものすごーく長《なが》い話《はなし》になっちゃう。たぶん、たっぷり、本《ほん》一冊分《さつぶん》くらいの……。

だから、興味《きょうみ》のある人《ひと》には、ぜひ『オバケは鏡《かがみ》の中《なか》にいる！』を読《よ》んでもらいたい。そうすれば、くわしい事情《じじょう》をすんなりわかってもらえるはずだから。

とにかく、今《いま》は、話《はなし》をさきに進《すす》めよう。

京十郎《きょうじゅうろう》にいいかえされた鬼灯先生《ほおずきせんせい》は、もっときげんの悪《わる》い顔《かお》になった。

「まったく、これだから子《こ》どもはいやなんだ。わがままで、ずうずうしくて。弟子《でし》にしてくれなんていうから、ちょっとあまい顔《かお》をすると、このしまつだ」

そういいながら、鬼灯先生《ほおずきせんせい》がジロリとぼくの方《ほう》を見《み》たので、ぼくは思《おも》わず、

「すみません。おじゃましてます」

と頭《あたま》をさげた。

「おい、おまえ。最後《さいご》に入《はい》ってきたんなら、ちゃんと戸《と》をしめとけ」

鬼灯先生《ほおずきせんせい》にそういわれ、ぼくはハッとして後《うし》ろをふりかえった。

ふりむくと、そこには診察室《しんさつしつ》の白《しろ》いかべがあって、かべのまんなかに、

たった今《いま》ぼくたちが通《とお》りぬけてきたばかりの入《い》り口《ぐち》が、四角《しかく》く口《くち》をあけていた。

入《い》り口《ぐち》のむこうには、ちゃんとまだキリン公園《こうえん》が見《み》えていて、へんな感《かん》じだ。

診察室《しんさつしつ》にマッチしない古《ふる》びた引《ひ》き戸《ど》に手《て》をかけて、ぼくはガタピシいわせながら、その戸《と》をぴたりとしめた。

戸《と》がしまったとたん、四角《しかく》い部屋《へや》の入《い》り口《ぐち》はかべにすいこまれるように消《き》えてしまったじゃないか！　あとにはただ、白《しろ》いかべが見《み》えているばかり。

「急《いそ》ごうぜ。あっちの町《まち》でオバケ事件《じけん》が待《ま》ってるんだから」

そういって、京十郎《きょうじゅうろう》は診察室《しんさつしつ》を横切《よこぎ》り、部屋《へや》のおくに見《み》えるドアにむかって歩《ある》いていく。

「おじゃましました」

「しつれいしまーす」

ぼくとおマツも、鬼灯先生《ほおずきせんせい》にペコペコしながら京十郎《きょうじゅうろう》のあとに続《つづ》く。

ドアのむこうは、待《ま》ち合《あ》い室《しつ》だった。

ここは、オバケの世界《せかい》にあるオバケ科《か》の病院《びょういん》だ。もしオバケがいたらどうしよう……と心配《しんぱい》したけど、さいわい診察《しんさつ》を待《ま》つオバケの姿《すがた》は見《み》あたらなかった。京十郎《きょうじゅうろう》はからっぽの待《ま》ち合《あ》い室《しつ》を通《とお》って、鬼灯医院《ほおずきいいん》の玄《げん》関《かん》の方《ほう》へ進《すす》んでいく。

「今日《きょう》は、患者《かんじゃ》さん、いないね」

おマツがそういうと、京十郎《きょうじゅうろう》が玄関《げんかん》のドアの前《まえ》で口《くち》を開《ひら》いた。

「まだ診察時間《しんさつじかん》じゃないからだよ。おい、ふたりとも、ランドセルはここにおいとけよ。じゃまっけだろ？」

京十郎《きょうじゅうろう》にそういわれて、ぼくとおマツは、ひと気《け》……いや、オバケ気《け》のない待《ま》ち合《あ》い室《しつ》のすみっこに、ランドセルをおかせてもらうことにした。

玄関《げんかん》のドアの前《まえ》に立《た》った京十郎《きょうじゅうろう》は、ポケットからまた、あのすずをとりだしている。

リ、リリーン……。

ホオズキのすずが、からっぽの待《ま》ち合《あ》い室《しつ》の中《なか》にひびく。

ドアに手《て》をかけ、京十郎《きょうじゅうろう》がぼくの方《ほう》をふりかえった。

「ほら、いくぞ。ついてこいよ」

ガチャリ……と音《おと》を立《た》ててあいたドアの外《そと》へ、京十郎《きょうじゅうろう》とおマツとぼくは出《で》ていった。

出《で》てみるとそこは、木立《こだち》にかこまれた広場《ひろば》のような場所《ばしょ》だった。広場《ひろば》のおくにはお寺《てら》か神社《じんじゃ》みたいな建物《たてもの》が見《み》える。

「マッサキ、ドア、しめといてくれ」

今度《こんど》は京十郎《きょうじゅうろう》にいわれて、ふりかえったぼくは、びっくりした。すぐ後《うし》ろに、大《おお》きな石《いし》の鳥居《とりい》がそびえている。そして、その鳥居《とりい》の二本《ほん》の柱《はしら》のあいだに、ぼくらが今通《いまとお》りぬけてきた出入《でい》り口《ぐち》があって、ドアが開《ひら》いたままになっていたんだ。

開《ひら》いたドアのむこうには、鬼灯医院《ほおずきいいん》の玄関《げんかん》とからっぽの待《ま》ち合《あ》い室《しつ》が見《み》えている。

「鳥居《とりい》……？　ってことは、ここ、神社《じんじゃ》なの？」

そうつぶやくおマツの横《よこ》で、ぼくは鳥居《とりい》のあいだのドアをしめた。

ドアをしめたとたん、鬼灯医院《ほおずきいいん》の診察室《しんさつしつ》のかべのときと同《おな》じで、柱《はしら》のあいだの出口《でぐち》はすぐ消《き》えてしまった。

出口《でぐち》の消《き》えた鳥居《とりい》のあいだからのぞくと、目《め》の下《した》に広《ひろ》がる見知《みし》らぬ町《まち》並《な》みと、その町《まち》の通《とお》りからこの神社《じんじゃ》の鳥居《とりい》までのぼってくる石《いし》の階段《かいだん》が見《み》える。

「ここが、京十郎《きょうじゅうろう》のひっこす……ひっこした町《まち》？」

ぼくが、知《し》らない町《まち》の風景《ふうけい》を鳥居《とりい》のあいだからながめて、そうたずねると、京十郎《きょうじゅうろう》はうなずいた。

「そうだよ。そして、ここがおれの家《いえ》」

「えっ？　ここ……？　ここって？」

ぼくは、またまたびっくりしておマツと顔《かお》を見《み》あわせてしまった。

おマツが京十郎《きょうじゅうろう》にたずねる。

「まさか、この神社《じんじゃ》に住《す》むっていうこと?」

「そうだよ」

京十郎《きょうじゅうろう》がニヤリとわらう。

「鳥居《とりい》の外《そと》に立《た》って、上《うえ》を見《み》てみろよ。額《がく》がかかってるから」

「額《がく》?」

意味《いみ》がわからずききかえしてから、ぼくはおマツとならんで鳥居《とりい》の下《した》をくぐり、外《そと》に立《た》って上《うえ》を見《み》あげた。

鳥居《とりい》の横柱《よこばしら》の上《うえ》に字《じ》を書《か》いた大《おお》きな額《がく》がかかっている。スミで書《か》かれた太《ふと》い文字《もじ》は、どうやらこの神社《じんじゃ》の名前《なまえ》らしい。

目《め》をこらし、鳥居《とりい》の上《うえ》の額《がく》の文字《もじ》を見《み》つめていたぼくとおマツは、同時《どうじ》にさけんでしまった。

「あぁっ！」

なんとこの神社《じんじゃ》の名前《なまえ》は――、「鬼灯神社《ほおずきじんじゃ》」だったんだ！

「ホオズキ神社《じんじゃ》？」

おマツが声《こえ》に出《だ》していうと、京十郎《きょうじゅうろう》がすぐにいいなおした。

「ちがう。オニアカリ神社《じんじゃ》って読《よ》むんだ。ここは、古《ふる》くからうちの一族《いちぞく》が代《だい》だい神主《かんぬし》をつとめてきた神社《じんじゃ》なんだぜ」

「へぇ……。そうなんだ……」

初《はじ》めてきく話《はなし》に、ぼくは息《いき》をのんだ。おマツも目《め》をまるくして、鳥居《とりい》の額《がく》を見《み》なおしている。

そんなぼくたちにむかって、京十郎《きょうじゅうろう》は鬼灯神社《おにあかりじんじゃ》の由来《ゆらい》を語《かた》り始《はじ》めた。

「むかし、この近《ちか》くの山《やま》の中《なか》に八五郎《やごろう》っていう鬼《おに》が住《す》みついて、里《さと》の人《ひと》たちをこまらせていた。田畑《たはた》を荒《あ》らしたり、子《こ》どもをさらったり、牛《うし》や馬《うま》を食《た》べちゃったり……。鬼《おに》をたいじするために、領主《りょうしゅ》の命令《めいれい》で力《ちから》じまんの男《おとこ》たちが次《つぎ》つぎにやってくるんだけど、鬼《おに》はものすごく強《つよ》くって、ぜんぜん歯《は》が立《た》たなかったんだ。

あるとき、覚玄《かくげん》というひとりの修験僧《しゅげんそう》が里《さと》の近《ちか》くを通《とお》りかかって、みんなが悪《わる》い鬼《おに》にこまらされてるっていう話《はなし》をきいた。覚玄《かくげん》は『それなら、わたしが鬼《おに》をたいじしましょう』といって、里《さと》の人《ひと》たちがとめるのもきかずに、ひとりで山《やま》に入《はい》っていった」

「たいじできたの？」

待《ま》ちきれないように質問《しつもん》するおマツの顔《かお》をチラリと

見《み》て、京十郎《きょうじゅうろう》はゆっくりとさきを続《つづ》けた。

「まあな。やっつけたことは、やっつけた。覚玄《かくげん》は法《ほう》力《りき》で鬼《おに》を動《うご》けなくして、その首《くび》をはねちゃったんだ。ところが、はねられた鬼《おに》の首《くび》は、メラメラとほのおをあげ、三日三晩《みっかみばん》火《ひ》の玉《たま》になって、そこらじゅうをとびまわり、最後《さいご》にとうとう、この山《やま》の上《うえ》に落《お》ちて動《うご》かなくなった。

そこで覚玄《かくげん》は、落《お》っこちた鬼《おに》の首《くび》をていねいにほうむって、鬼《おに》の魂《たましい》をとむらうために、鬼塚《おにづか》の上《うえ》に社《やしろ》をたてた。つまり、それが、この鬼灯神社《おにあかりじんじゃ》の始《はじ》まりってことだよ。覚玄《かくげん》は、鬼灯一族《ほおずきいちぞく》のご先祖《せんぞ》さまなんだ」

「へえええ!」

ぼくとおマツはふたりそろって、おどろきの声《こえ》をあげた。

京十郎《きょうじゅうろう》はとくいそうな顔《かお》をして、さきを続《つづ》ける。

「それ以来《いらい》、鬼灯神社《おにあかりじんじゃ》の神主《かんぬし》は、代《だい》だいうちの一族《いちぞく》の中《なか》のだれかがつとめることになってるらしい。まえの神主《かんぬし》さんていうのも、うちの遠《とお》い親戚《しんせき》のおじいさんらしいんだけど、その人《ひと》が去年《きょねん》、九十歳《さい》になって、そろそろ次《つぎ》の神主《かんぬし》さんにバトンタッチしたいっていいだしたそうなんだ。それで、何回《なんかい》か親族《しんぞく》の会議《かいぎ》が開《ひら》かれて、結局《けっきょく》、ぼくのパパが次《つぎ》の神主《かんぬし》をひきうけることになったっていうわけさ」

これで、京十郎《きょうじゅうろう》の家族《かぞく》のとつぜんのひっこしの理由《りゆう》はわかった。でも――。

「でも、それならべつに、京十郎《きょうじゅうろう》も春休《はるやす》みにひっこせばよかったじゃないか。ぼくらに、ひとこともなんにもいわないで、サッサとひっこしちゃうなんて、ひどいよ。先生《せんせい》は、京十郎《きょうじゅうろう》がお父《とう》さんの手伝《てつだ》いをするためにひと足早《あしはや》くいっちゃったんだっていってたけど、お父《とう》さんの手伝《てつだ》いって、なんだったの？」

京十郎《きょうじゅうろう》は問《と》いかけるぼくの顔《かお》とおマツの顔《かお》を順番《じゅんばん》に見《み》て、重《おも》おもしく口《くち》を開《ひら》いた。

「だから、それが、オバケ事件《じけん》の調査《ちょうさ》だよ」

「オバケ事件《じけん》の調査《ちょうさ》？」

と、おマツがききかえす。

「そう」

京十郎《きょうじゅうろう》は、うなずいて続《つづ》けた。

「パパから電話《でんわ》があったんだ。どうも近《ちか》ごろ、鬼灯神社《おにあかりじんじゃ》でおかしなことがおきてるって」

「おかしなことって？　なに？」

ぼくは質問《しつもん》しながら、不安《ふあん》になって、うす暗《ぐら》い神社《じんじゃ》の境内《けいだい》を見《み》まわした。

京十郎《きょうじゅうろう》が答《こた》える。

「ここ三日《みっか》ほど、毎日《まいにち》、同《おな》じ時刻《じこく》になると、境内《けいだい》にネコたちが集《あつ》まってきて、おどりだすっていうんだ」

「ネコがおどる？」

おマツが、ぽかんとしてききかえす。

京十郎《きょうじゅうろう》の説明《せつめい》によると、それはこういうことだった。

京十郎《きょうじゅうろう》のお父《とう》さんがネコたちのおどりに気《き》づいたのは、四日《よっか》まえの夕方《ゆうがた》のことだった。

神社《じんじゃ》の境内《けいだい》にぞくぞくとネコたちが集《あつ》まってくるので、なにごとだろう？　と思《おも》って見《み》ていたら、そのネコたちが木《き》のまわりで輪《わ》になって、二本《ほん》あしで立《た》ちあがり、ひょいひょいと手《て》をふり、しっぽをふって、おどりだした。ネコたちはおどりながら、うたうように、ニャーゴロ、ニャーゴロ、声《こえ》をあわせていたそうだ。

しばらくのあいだ、木《き》のまわりで、うたい、おどっていたネコたちは、やがて、ぴたりとおどりをやめて、前《まえ》あしを地面《じめん》の上《うえ》におろし、なにごともなかったように散《ち》りぢりになって、どこかへいってしまったという。

気《き》になったお父《とう》さんが注意《ちゅうい》していると、次《つぎ》の日《ひ》も、その次《つぎ》の日《ひ》も、ネコたちは約束《やくそく》でもしたように同《おな》じくらいの時刻《じこく》に、鬼灯神社《おにあかりじんじゃ》に集《あつ》まってきて、同《おな》じ場所《ばしょ》でおどり、しばらくするとおどりをやめて、散《ち》っていくのがわかった。

「集《あつ》まってきたネコは、みんな、のらネコだったの？」

おマツがたずねる。

「いいや、そうでもないらしいんだ」

と京十郎《きょうじゅうろう》はいった。

「ここ何日《なんにち》かは、飼《か》いネコたちも夕方《ゆうがた》になるとソワソワして、中《なか》にはドアのすきまから外《そと》にとびだしたり、あみ戸《ど》をやぶってにげだしたり……。そうやって鬼灯神社《おにあかりじんじゃ》にやってくるようなんだ。おどりおわるとまた、なにかにあやつられるようにフラフラと家《いえ》に帰《かえ》っていくらしいが、いったいなにをしに出《で》ていくんだろう？　って、飼《か》い主《ぬし》の人《ひと》たちがふしぎがってるって、パパがいってたよ」

「でもさ、それの、どこがオバケ事件《じけん》なの？　ネコがおどることとオバケは、べつに関係《かんけい》ないんじゃないか？」

ぼくがそういうと、京十郎《きょうじゅうろう》は、大《おお》きくひとつ息《いき》をすって、また話《はな》しだした。

「うちのパパもさ、おれほどじゃないけど、オバケセンサーが働《はたら》く人《ひと》なんだよ。うちは家族全員《かぞくぜんいん》そうだからな。そのパパがいうには、ネコがおどるのを見《み》かけるようになってから、神社《じんじゃ》の境内《けいだい》でオバケの気配《けはい》を感《かん》じるようになった……。ただ、さがしてみても、パパにはそのオバケが見《み》つけられなかったみたいで、それで、おれに電話《でんわ》をかけてきたわけだ。見《み》えないオバケをさがすのを手伝《てつだ》ってほしいって……」

「ネコをおどらすオバケなんて、いるの？」

おマツが首《くび》をかしげる。

「ネコがおどるだけなら、べつに、ほっといてもいいんじゃないか？」

とぼくはいってみた。

「まあ、ネコの飼《か》い主《ぬし》はこまるだろうけど、おどりおわったら、ちゃんと家《いえ》に帰《かえ》るんだろ？　じゃあ、もし、それがオバケのしわざだったとしても、ほっとけばいいんじゃない？」

京十郎《きょうじゅうろう》が、きびしい目《め》でぼくをにらんだ。

「確《たし》かに、ネコがおどるだけならな。だけど、問題《もんだい》はネコがおどることじゃないんだ。神社《じんじゃ》の古《ふる》い書物《しょもつ》の中《なか》に、今《いま》から二百年《ねん》まえにもネコがおどったっていう記録《きろく》が残《のこ》っててさ、その記録《きろく》によれば、例《れい》の八五郎《やごろう》っていう悪《わる》い鬼《おに》が村《むら》にやってきたのは、ネコがおどり始《はじ》めて二、三日後《にちご》だったっていうことだ。つまり、ネコのおどりは、不吉《ふきつ》なできごとのまえぶれ

だったってわけさ。二百年《ねん》まえには鬼《おに》が現《あらわ》れた。今回《こんかい》もまたなにかよくないことがおきるんじゃないかと、パパは心配《しんぱい》してるらしい」

ネコがおどるってきいて、ちょっぴりゆかいな気分《きぶん》になったぼくだけど、京十郎《きょうじゅうろう》の話《はなし》をきいて、お気楽《きらく》な気分《きぶん》は消《け》しとんでしまった。不吉《ふきつ》なできごとをまねく、ネコたちのおどり——。神社《じんじゃ》をつつむ木《き》ぎのかげが、ぐっと濃《こ》くなった気《き》がする。

京十郎《きょうじゅうろう》がまた話《はな》しだした。

「きのう、パパから電話《でんわ》で話《はなし》をきいて、急《いそ》いでこっちに来《く》ることになったんだけど、はるばる電車《でんしゃ》とバスを乗《の》りついで、やっと到着《とうちゃく》したら、もう夜《よる》でさ、ネコおどりには間《ま》にあわなかったんだ。

鬼灯医院《ほおずきいいん》を通《とお》りぬける通路《つうろ》さえ発見《はっけん》できてれば、移動《いどう》なんてあっというまだったんだけど、きのうはまだ、鳥居《とりい》のあいだの出入《でい》り口《ぐち》を見《み》つけてなかったからなあ……」

京十郎《きょうじゅうろう》のお父《とう》さんは、今日《きょう》は朝《あさ》から一日《にち》、氏子《うじこ》さんたちの家《いえ》をあいさつにまわっていて、夜《よる》にならないと、もどってこないのだそうだ。

京十郎《きょうじゅうろう》は朝《あさ》からひとりで、オバケをさがしているうちに、鬼灯医院《ほおずきいいん》への入《い》り口《ぐち》をぐうぜん見《み》つけたらしい。

「それで、さっそく、あのドクターのとこへいって、『弟子《でし》にしてくれ』ってたのんで、ついでに、そっちの町《まち》にいける出入《でい》り口《ぐち》を教《おし》えてもらったっていうわけさ。あのキリン公園《こうえん》の物《もの》おきに通《つう》じてる出入《でい》り口《ぐち》をな」

そこまでしゃべった京十郎《きょうじゅうろう》が、急《きゅう》にハッとしたようにあたりを見《み》まわした。

「やべ」

と、小《ちい》さくつぶやくと、京十郎《きょうじゅうろう》はあらためて、ぼくとおマツを見《み》た。

「もう、そろそろ時間《じかん》だ。ネコたちが集《あつ》まってくるぞ」

そのことばがおわるかおわらないかのうちに、どこからともなく、茶《ちゃ》トラのネコが一ぴき、ふらりと境内《けいだい》に姿《すがた》を現《あらわ》した。続《つづ》いて、黒《くろ》ネコが一ぴき、そのあとまた、ぶちネコが一ぴき……。どんどんネコが集《あつ》まってくる。

おどろいているぼくとおマツにむかって、京十郎《きょうじゅうろう》がいった。

「すぐにネコおどりが始《はじ》まる。おまえたちも、見《み》えないオバケさがしを手伝《てつだ》ってくれ」

4 おどるネコたち

　ネコたちが集《あつ》まり始《はじ》めた境内《けいだい》で、京十郎《きょうじゅうろう》がぼくとおマツにさしだしたのは、オバケ目薬《めぐすり》だった。

　京十郎《きょうじゅうろう》とちがって、ぼくたちには、人間《にんげん》の世界《せかい》のオバケは見《み》えない。でも、この目薬《めぐすり》をさせば、少《すこ》しのあいだだけ、オバケが見《み》えるようになるんだ。かた目《め》に目薬《めぐすり》をさすと、目薬《めぐすり》をさした方《ほう》の目《め》で見《み》たときにだけ、オバケが見《み》える。両目《りょうめ》を開《ひら》いてたら、見《み》えないんだけどね。

　でもこの日《ひ》、京十郎《きょうじゅうろう》は目薬《めぐすり》をうけとるおマツに、

「今日《きょう》は、両方《りょうほう》の目《め》にさしとけよ」

といった。

「えっ？　両目《りょうめ》にさしたら、目《め》をあけてるあいだじゅう、オバケが見《み》えっぱなしになるんじゃないのか？」

ぼくがびっくりしてたずねると、京十郎《きょうじゅうろう》は、

「そうだよ」

とすずしい顔《かお》をしている。

「心配《しんぱい》すんな。きき目《め》は四十八時間《じかん》だから」

「四十八時間《じかん》って、二日間《ふつかかん》だよね？　二日間《ふつかかん》、ずうっとオバケがくっきりはっきり見《み》えっぱなしっていうのは、ちょっと……」

ぐずぐずいっているぼくの横《よこ》で、おマツは、さっさと両方《りょうほう》の目《め》に目薬《めぐすり》をさしている。

「ほら、ハシモト、あんたも早《はや》くさして、両方《りょうほう》の目《め》で見《み》る方《ほう》が、オバケ

をさがしやすいでしょ?」

うむをいわさず、おマツから目薬《めぐすり》をおしつけられ、ぼくはしかたなく指示《しじ》にしたがうことにした。

まず右《みぎ》の目《め》にポチッと一てき、それから、左《ひだり》の目《め》にポチッと一てき。パチパチとまばたきをして、そっと目《め》もとをぬぐい、ゆっくりとあたりを見《み》まわすと……。

がらんとして、今《いま》までなにも見《み》えなかった境内《けいだい》のうす暗《くら》がりの中《なか》を、フワンフワワンと、オバケたちが、五、六ぴき、ただよったり、うかんだり、地面《じめん》の上《うえ》をころがったりしているのがはっきりと見《み》えた。

「うわぁ……、出《で》た」

と、小《ちい》さくつぶやくぼく。

「どんなオバケをさがせばいいの?」

おマツが境内《けいだい》に目《め》をくばりながら、京十郎《きょうじゅうろう》にたずねる。

「それがわかれば、苦労《くろう》はないって」

京十郎《きょうじゅうろう》がおマツにいった。

「どんなやつなのか、まるっきり見当《けんとう》がつかないんだ。だけど今《いま》、そこらにいるやつはちがう。こいつら、どこにでもいるザコキャラだからな」

そういえば、今《いま》、見《み》えている、まるっこいオバケや、ひもみたいなオバケは、まえにオバケ目薬《めぐすり》をさしたとき、学校《がっこう》や公園《こうえん》でも見《み》かけた気《き》がする。

オバケは、ネコたちの頭《あたま》の上《うえ》でポヨンポヨンはずんだりしていたが、ネコの方《ほう》はあんまり気《き》にしていないようだった。見《み》えていないのか、それとも、ムシしているのか、よくわからない。

気《き》がつくと、境内《けいだい》はネコだらけになっている。きっと二十ぴきはいるだろう。首輪《くびわ》をつけたネコもいるから、そいつらはたぶん京十郎《きょうじゅうろう》の話《はなし》どおり、家《いえ》をぬけだしてきた飼《か》いネコなんだろう。

ネコたちは最初《さいしょ》、境内《けいだい》の中《なか》をうろついたり、気《き》に入《い》った場所《ばしょ》にすわりこんで毛《け》づくろいをしたりしていたが、そのうちみんな、一本《ぽん》の木《き》のまわりに集《あつ》まり始《はじ》めた。

境内《けいだい》のすみにある大《おお》きなクスノキだ。その木《き》のまわりをネコが輪《わ》になってとりかこむようすを、ぼくらはじゃまにならないようにべつの木《き》のかげから、そっとながめていた。

もう、うろついているネコはいない。集《あつ》まってきたネコは一ぴき残《のこ》らず、クスノキのまわりをとりかこんですわりこみ、みんなでしげったこずえを見《み》あげている。まるで、なにかを待《ま》ちかまえるように……。

と、そのとき――。

とつぜん、一ぴきのネコが、こずえの方《ほう》にのびあがるようにして、後《うし》ろあしでスックと立《た》ちあがった。

すると、どうだろう！　今《いま》までクスノキのまわりにすわっていたネコたちがいっせいに、どいつもこいつも、二本《ほん》あしで立《た》ちあがったじゃないか！

そして、ネコたちはおどりだした。クスノキの根《ね》もとで輪《わ》になって、ゆっくりと木《き》のまわりを、まわりながらおどっている。

高《たか》くさしあげた両手《りょうて》をヒョイ、ヒョイとふり、その手《て》の動《うご》きにあわせて、しっぽをユラユラくねらせ、三角耳《さんかくみみ》をピコピコゆらし、ぬき足《あし》さし足《あし》、足《あし》どりをあわせて、みんなでおどりをおどっている。まるで、ネコのぼんおどりだ！

おどりながらネコたちは、ふしぎな声《こえ》を出《だ》していた。

ニャーゴロ、ニャーゴロ、ニャーゴロロ

ニャーゴロ、ニャーゴロ、ニャーゴロロ

「ネコがおどってる……」

おマツがつぶやく。

「あいつら、なんかニャゴニャゴうたってるみたいだぞ」

と、ぼくもヒソヒソつぶやいた。

「まちがいない。オバケの気配《けはい》がする」

京十郎《きょうじゅうろう》は、そういいながら、見《み》えないオバケの姿《すがた》をさがして、キョロキョロあたりを見《み》まわしている。

ぼくとおマツも、あわてて、ネコおどりから目《め》をひきはなし、境内《けいだい》の

どこかにオバケはいないかと、目《め》をくばった。

だけど、オバケ目薬《めぐすり》をさしたぼくの目《め》にうつるのは、あいかわらずただよってる、のん気《き》なザコキャラのオバケたちだけ。どこにも新顔《しんがお》のめずらしいオバケは見《み》あたらなかった。

「もしかして……」

京十郎《きょうじゅうろう》がそういったので、ハッとして見《み》ると、京十郎《きょうじゅうろう》の目《め》はすいよせられるように、クスノキのこずえにむけられていた。

「なに？　なんか見《み》つけたの？」

ぼくよりさきに、おマツがひそひそとたずねる。おマツもぼくも、なにがいるのだろうと、ひっしに目《め》をこらしてクスノキを見《み》るんだけど、青《あお》あおとしげった葉《は》っぱの中《なか》を見《み》すかすことはできなかった。

「あそこに、かくれてるのかもしれない」

京十郎《きょうじゅうろう》が、ひそめた声《こえ》でいって、さっと、足《あし》もとの石《いし》をひろう。

ぼくらのいる木《こ》かげからネコたちのとりまくクスノキまで、たぶん五メートルもはなれていない。ここから、こずえ目《め》がけて石《いし》を投《な》げれば、命中《めいちゅう》まちがいなし。

だけど石《いし》が命中《めいちゅう》して、かくれているオバケが出《で》てきちゃったらどうなるんだろう？

ぼくがそう思《おも》っているうちに、京十郎《きょうじゅうろう》は、すでに投球《とうきゅう》フォームに入《はい》っている。ふりかぶって、力《ちから》いっぱい投《な》げた小石《こいし》がクスノキのこずえの中《なか》にとびこむのが見《み》えた。

ボソッと葉《は》っぱをゆらし、カチンとどこかに石《いし》のぶつかる音《おと》がひびいたとき——、クスノキのしげった葉《は》っぱのかげから、なにか光《ひか》る小《ちい》さなものが、いっせいにとびたつのが見《み》えた。

ぼくには、こずえのまわりをとびまわる光《ひかり》のつぶがなんなのか、すぐにはわからなかった。でも、おマツはどうやら、気《き》づいたようだ。

「虫《むし》よ！　光《ひか》る虫《むし》！」

と、ぼくの横《よこ》でさけぶ。

（そうか！　虫《むし》か！）

と、ぼくも納得《なっとく》した。京十郎《きょうじゅうろう》の投《な》げた石《いし》におどろいた小《ちい》さな虫《むし》が葉《は》っぱのかげからとびたったんだ。そいつらは今《いま》まで、クスノキのこずえにかくれていたらしい。

（こいつらは、オバケ？）

そういえば、まえにも虫《むし》みたいなオバケを見《み》たことがあったっけ？

「トキノカブリ」とかいうオバケだったはずだ。

でも、今《いま》、境内《けいだい》のクスノキのまわりをとびまわっているやつらは、はんぱなかった。何《なん》十ぴきもの虫《むし》のむれが、こずえからとびだして、木《き》の

まわりをとびまわっている。

見《み》ると、ネコのおどりがとまっていた。ネコたちはまだ二本《ほん》あしで立《た》ったまま、おどりをやめて、とびまわる虫《むし》の方《ほう》に注目《ちゅうもく》している。

石《いし》におどろいて木《き》からとびたった虫《むし》たちは、すぐにまた、見《み》えなくなった。たぶんもとの葉《は》っぱのかげにもどっていったんだろう。

すると――、またネコのおどりが始《はじ》まった。

「そうか……。もしかすると、そうかもしれない。いや、きっと、そうだ……」

京十郎《きょうじゅうろう》がつぶやく。

「なに？　どういうこと？」

おマツが、くいつくように京十郎《きょうじゅうろう》にたずねると、京十郎《きょうじゅうろう》はおどるネコたちを見《み》つめたまま、ぼくたちにいった。

「たぶん、今《いま》、木《き》から出《で》てきたのは『マタタビゼミ』っていうオバケだ」

「マタタビゼミ？」

ぼくとおマツが、同時《どうじ》にききかえす。

「めずらしいオバケなの？」と、おマツ。

「うん」

と京十郎《きょうじゅうろう》はうなずいて、説明《せつめい》し始《はじ》めた。

「いつでもいるオバケじゃないからな。マタタビゼミは、たまぁに大量《たいりょう》に現《あらわ》れて、また一週間《しゅうかん》ぐらいで消《き》えちゃうオバケなんだ。現《あらわ》れるのは、ちょうど今《いま》ごろの季節《きせつ》が多《おお》いみたいだ。冬《ふゆ》と春《はる》のまんなかぐらいのときっていうか……」

「あぶないオバケなの？」

「いいや」

と京十郎《きょうじゅうろう》が首《くび》を横《よこ》にふったので、ぼくはホッとした。

「あいつらはただ一週間《しゅうかん》ほどのあいだ、夕方《ゆうがた》の同《おな》じ時刻《じこく》になると、ひとつの場所《ばしょ》に集《あつ》まって、みんなでなくだけっていう、平和《へいわ》なオバケだよ」

「なく？　今《いま》もないてるの？　なにもきこえないけど」

おマツがそういうと、京十郎《きょうじゅうろう》はニヤリとわらって答《こた》えた。

「あのオバケゼミのなき声《ごえ》は、どうやら、ネコ科《か》の動物《どうぶつ》にだけきこえる特別《とくべつ》な声《こえ》らしいんだ。おれたちにはいっさいきこえないけど、ネコたちはあの声《こえ》が大好《だいす》きで、きけば、あのとおりうかれだす。だから、あのオバケの名前《なまえ》は、マタタビゼミっていうんだよ」

「マタタビって、ネコが大好《だいす》きな植物《しょくぶつ》で、ネコが食《た》べたりすると、よっぱらったみたいになるってやつ？」

とおマツがきくと、京十郎《きょうじゅうろう》は、

「ああ、そのマタタビ。うわさにはきいていたけど、日本《にほん》でマタタビゼミが出《で》たっていう話《はなし》は、もうずっとなかったし。それに、ネコがマタタビゼミの声《こえ》に反応《はんのう》するっていうのは知《し》ってたけど、まさか、あんなふうに、みんなでおどりだすなんて、思《おも》わなかった。そうか！　二百年《ねん》まえにネコがおどったっていうのも、マタタビゼミのせいだったのかもしれない。あとでパパに報告《ほうこく》しなくちゃな」

「『ネコがおどると不吉《ふきつ》なことがおきる』っていうのは、どうなったんだ？」

ぼくは、陽気《ようき》におどるネコたちをながめながらきいてみた。

ニャーゴロ、ニャーゴロ、ニャーゴロロ
ニャーゴロ、ニャーゴロ、ニャーゴロロ

マタタビゼミの声《こえ》はきこえないが、ネコたちのなき声《ごえ》は、はっきりときこえる。だんだんなき声《ごえ》が高《たか》まっていくようだ。

「二百年《ねん》まえ、ネコがおどったときに、鬼《おに》の八五郎《やごろう》がやってきたのは、きっとただのぐうぜんだろうな。ネコのおどりと鬼《おに》は関係《かんけい》ない……」

そういいかけた京十郎《きょうじゅうろう》が、あれっ？　と首《くび》をかしげる。

「おっかしいなぁ。まだ、なんか、べつのオバケの気配《けはい》がするぞ。なんだ？　もっとでっかくて、あぶない感《かん》じの気配《けはい》だ」

京十郎《きょうじゅうろう》がキョロキョロしだしたので、ぼくとおマツも落《お》ち着《つ》かない気分《きぶん》になってうす暗《ぐら》い境内《けいだい》に目《め》をくばった。

ニャーゴロ、ニャーゴロ、ニャーゴロロ

ネコたちの声《こえ》がひびきわたる。

ニャーゴロ、ニャーゴロ、ニャーゴロロ

その声《こえ》をきくうちに、ぼくはなぜか急《きゅう》にゾクリとした。

「ねえ……」

おそるおそる京十郎《きょうじゅうろう》とおマツにいってみる。

「なんだか、ネコたちがよんでるみたいにきこえないか？『ヤーゴロ、ヤーゴロ、ヤーゴロウ』って……」

「えっ？ ヤーゴロ、ヤーゴロウ？ 八五郎《やごろう》？ それ、鬼《おに》の名前《なまえ》でしょ？」

おマツもギクリとした顔《かお》になる。

それでなくてもうす暗《ぐら》い境内《けいだい》が、もっと暗《くら》くなる気《き》がする。

「でも、その鬼《おに》はもう死《し》んじゃったんだよね？」

そうぼくがいったとき、あたりを見《み》まわしていた京十郎《きょうじゅうろう》が、空《そら》を見《み》あげて、「わっ！」とさけんだ。

「うわぁ！　やばい！」
京十郎《きょうじゅうろう》のさけび声《ごえ》に、ぼくとおマツもあわてて空《そら》を見《み》る。
神社《じんじゃ》の上空《じょうくう》に、うす黒《ぐろ》い布《ぬの》をかぶせたような暗《くら》がりが広《ひろ》がっていた。
そして、その暗《くら》がりのまんなかから、光《ひか》るふたつの目玉《めだま》が、じっと、ぼくらの方《ほう》をにらみつけているじゃないか！

5　ネコがオバケをよんだ？

空《そら》を見《み》あげたまま、京十郎《きょうじゅうろう》がさけんだ。

「マガマガだあっ！」

「なに？　なに？　なに？　それ、なに？　マガマガってなに？」

おマツがあせってさけびかえす。

「マガマガっていうのは、つまり……」

説明《せつめい》しようとする京十郎《きょうじゅうろう》をさえぎって、ぼくはどなった。

「なんでもいいから、なんとかしてくれ！」

「よ、よしっ！」

気《き》をとりなおしたように、京十郎《きょうじゅうろう》がポケットから、なにかをとりだす。ほそ長《なが》い紙《かみ》……たぶん、お札《ふだ》だ。

京十郎《きょうじゅうろう》っていうやつは、いつもポケットの中《なか》に、ハンカチとティッシュとお札《ふだ》を常備《じょうび》している、かわったやつなんだ。

京十郎《きょうじゅうろう》が、空《そら》にむかってお札《ふだ》をかかげながら、ブツブツ呪文《じゅもん》をとなえ始《はじ》める。

「ナマク　サマンダ　バサラナン　センダ　マ　カ　ロ　シャナ　ソワタ　ヤ　ウン　タラタ　カンマン……」

ネコたちは、まだおどりながらうたっている。

　ニャーゴロ、ニャーゴロ、ニャーゴロロ

　ニャーゴロ、ニャーゴロ、ニャーゴロロ

京十郎《きょうじゅうろう》のとなえる呪文《じゅもん》とネコたちの歌《うた》がまざりあって、うす暗《くら》がりの中《なか》にひびく。

「見《み》て！　黒《くろ》いモヤモヤがゆれてる！」

上《うえ》を見《み》あげながら、おマツがさけんだ。

本当《ほんとう》だ！　神社《じんじゃ》の上《うえ》をおおう、うす黒《ぐろ》いカーテンみたいなかげが、ゆれている。

ゆれるかげは、足《あし》のないクラゲみたいに見《み》えた。海《うみ》の底《そこ》から海面《かいめん》にうかぶ巨大《きょだい》なクラゲを見《み》あげているみたいだ。

うす黒《ぐろ》くすきとおったクラゲが、ブカブカとゆれている。

ニャーゴロ、ヤーゴロ、ヤーゴロウ
ニャーゴロ、ヤーゴロ、ヤーゴロウ
おどるネコ、ゆれるオバケ……。そのとき――。

「オン　アク　ウン！」

京十郎《きょうじゅうろう》が手《て》に持《も》ったお札《ふだ》を力《ちから》いっぱい、上空《じょうくう》のオバケにむかって投《な》げつけた。放《はな》たれたお札《ふだ》は、刃《は》のようなするどさで、一直線《いっちょくせん》にオバケ目《め》がけてとんでいく。お札《ふだ》が、クラゲのようなそのオバケの体《からだ》に届《とど》くかと思《おも》ったしゅんかん、そいつは、体《からだ》をブワンとふくらませたかと思《おも》うと、ぎゅっとすぼめて、ドバッと風《かぜ》をはきだした。クラゲが水《みず》をはきだすみたいに！

オバケのおこした風《かぜ》にふきとばされ、お札《ふだ》はヒラヒラと落《お》ち葉《ば》みたいに宙《ちゅう》を舞《ま》って、地面《じめん》の上《うえ》に落《お》っこちてきた。

「くっそ！　なまいきなオバケめ！　見《み》てろ！　今《いま》、つかまえてやる！」

京十郎《きょうじゅうろう》が、ふたたびポケットの中《なか》に手《て》をつっこむ。あいつのポケットの中《なか》って、どれだけオバケアイテムが入《はい》ってるんだ？

とりだしたのは――。

「クモの巣玉《すだま》だ！」

京十郎《きょうじゅうろう》がとくいげにさけぶのをきいて、ぼくはドキッとした。

クモの巣玉《すだま》は、京十郎《きょうじゅうろう》が開発中《かいはつちゅう》のオバケ捕獲用《ほかくよう》のアイテムだ。黒《くろ》いおだんごみたいなまあるい玉《たま》をオバケにぶつけると、玉《たま》がはじけ、クモの巣《す》みたいなネットがとびだして、オバケをつかまえるしかけになっているらしい。

だけど今《いま》までぼくは、京十郎《きょうじゅうろう》がこれを使《つか》って成功《せいこう》したのを見《み》たことがない。しっぱいするところなら見《み》ているけど……。

「だいじょうぶ？　ほんとに、つかまえられるの？　相手《あいて》が大《おお》きすぎるんじゃない？」

と、おマツも心配《しんぱい》している。しかし……。

「やめといた方《ほう》が……」

と、ぼくがいいかけたそのとき、京十郎《きょうじゅうろう》が、

「くらえ！　マガマガ！」

と、さけぶのがきこえた。京十郎《きょうじゅうろう》の投《な》げたクモの巣玉《すだま》がまっしぐらに空《そら》へとのぼっていく。

みごとマガマガに命中《めいちゅう》！　と思《おも》ったとたん、またマガマガが風《かぜ》をおこした。ドバッとうずまく風《かぜ》にはばまれ、クモの巣玉《すだま》が落《お》ちてくるのが見《み》えた。

くるくると風《かぜ》にまかれたクモの巣玉《すだま》は、ぼくらの頭《あたま》のすぐ上《うえ》で、パッ

とはじけたかと思《おも》うと、こっちにむかって、クモの巣《す》みたいなネットをブワッとはきだした！

「うわあ！」

「きゃあ！」

「げーっ！」

悲鳴《ひめい》をあげるぼくたちが、にげるまもなく、ネバネバのクモの巣《す》が上《うえ》からおおいかぶさってくる。あっというまにぼくらは、クモの巣《す》のネットに三人《にん》まとめてつつみこまれてしまった。

「やだ！　ネバネバしてる！」

「だから、やめとけっていったのに！」

「あばれるな！　よけい、くっつくだろ！」

気《き》がつくと、ネコたちのおどりはおわっていた。前《まえ》あしを地面《じめん》におろしたネコたちは、大《おお》さわぎしているぼくたちのことなどまったく気《き》にせず、あちこちへ散《ち》っていく。

たまたま、ぼくらの前《まえ》を通《とお》りかかった一ぴきのぶちネコなんて、クモの巣《す》の中《なか》でもがいているぼくたちを見《み》ても知《し》らん顔《かお》で、大《おお》きなのびをしてから、どこかへいってしまった。

「京十郎《きょうじゅうろう》、早《はや》く、これ、とってくれったら！」

ぼくがどなる横《よこ》で、おマツが「あっ！」とさけんだ。

「なんか、へんなのがのびてくる！　ほら、上《うえ》！　あのマガマガとかいうやつの方《ほう》から、黒《くろ》いひもみたいな足《あし》みたいのが！」

おマツのことばに、ぼくも京十郎《きょうじゅうろう》も、ハッとして上空《じょうくう》に目《め》をむけた。

本当《ほんとう》だ！　足《あし》のなかったクラゲの体《からだ》から、足《あし》が生《は》えている！

黒《くろ》いブヨブヨしたオバケの体《からだ》の下《した》から、ひもみたいな触角《しょっかく》みたいなも

のが、何本《なんぼん》か、こっちにむかって、そろそろとのびてきているんだ！

「まずい！　まずい！　まずい！」

京十郎《きょうじゅうろう》が、めずらしく、あせった声《こえ》を出《だ》した。

「なに？　なに？　なに？　なにがまずいの？」と、おマツ。

「あのマガマガってやつは……」

と、説明《せつめい》しかかる京十郎《きょうじゅうろう》のことばを、ぼくはさえぎる。

「説明《せつめい》はいいから！　なんとかしてくれよ！」

「にげろ！」

と、京十郎《きょうじゅうろう》がどなった。

ぼくらは、そのことばがおわるよりも早《はや》く走《はし》りだそうとしたが、走《はし》れない。だって、クモの巣《す》にからまってくっつきあった三人《にん》が、てんでんバラバラに走《はし》りだそうとしたもんだから、うまくいくはずがなかった。

「そうだ！」

もう一度《いちど》、京十郎《きょうじゅうろう》がさけんだ。

「鳥居《とりい》だ！　鳥居《とりい》の方《ほう》へ走《はし》れ！」

それでやっとぼくらは同《おな》じ方向《ほうこう》にむかってネバネバ、もたもた、ヨチヨチしながら進《すす》み始《はじ》めた。走《はし》る……っていうより、赤《あか》ちゃんがハイハイしてるぐらいのスピードしか出《で》ない。

そんなぼくらのあとを、マガマガがのばす触角《しょっかく》がおいかけてくる。地《じ》面《めん》の上《うえ》をさぐりさぐり、こっちに、ゆっくりとはいよってくる。

あれにつかまったら……と思《おも》うと、お腹《なか》の底《そこ》がつめたくなる。つかまったらどうなるんだろう？　それは、わからなかったが、京十郎《きょうじゅうろう》のあせりかたから見《み》て、あのオバケが、かなりヤバいヤツなのは確実《かくじつ》だ。とにかく、さっさとにげなくちゃ。

しかし、ネバネバ、もたもたと足《あし》は進《すす》まない。やっとのことで鳥居《とりい》の前《まえ》にたどりつこうとき、京十郎《きょうじゅうろう》がなにかもぞもぞとし始《はじ》めた。またポケットに手《て》を入《い》れようとしている。

「おい、京十郎《きょうじゅうろう》！　今度《こんど》はどんなアイテムを使《つか》う気《き》だよ？　それより、さっさとにげた方《ほう》が……」

「だめっ！　もう、つかまっちゃう！　おいつかれちゃうよ！」

おマツが、クモの巣《す》のネットの中《なか》からひっしに後《うし》ろをふりかえってさけんだ。そのとき――。

リ、リ、リ、リーン……と、かすかな音《おと》がひびいた。

ホオズキのすずの音《おと》だ！

いつもより、音《おと》がくぐもっているのは、ポケットの中《なか》でなったからだろう。きっと京十郎《きょうじゅうろう》は、ネバネバのクモの巣《す》のせいで、ポケットからすずをとりだせなかったんだ。

「マッサキ！　早《はや》く、ドアをあけろ！」

「えっ⁉」

いわれて、ハッと前《まえ》をむくと、目《め》の前《まえ》に、ドアが現《あらわ》れていた。鳥居《とりい》の二本《ほん》の柱《はしら》のあいだに、鬼灯医院《ほおずきいいん》につながる出入《でい》り口《ぐち》が出現《しゅつげん》している！

「きゃあ！」

と、おマツがさけんだ。

「なんか、足《あし》にからみついた！」

ぼくの足《あし》にもなにかが、さわる気配《けはい》がした。

ドアにいちばん近《ちか》いのは、ぼくだ。ぼくは、ネバネバのクモの巣《す》ネットのすきまからひっしに手《て》をのばし、目《め》の前《まえ》のドアノブをにぎった。

ガチャリ！　ぼくがノブをまわして、京十郎《きょうじゅうろう》がさけんだ。

「いけえ！　とびこめえ！　ドアのむこうに！」

ぼくとおマッと京十郎《きょうじゅうろう》は、クモの巣《す》ネットにつつまれたまま、開《ひら》いたドアのすきまからころげこむようにして、鬼灯医院《ほおずきいいん》の玄関《げんかん》にとびこんだ。

京十郎《きょうじゅうろう》が、体《たい》あたりをくらわせるようにして、なんとかドアをしめる。

「セーフ！　ぎりぎりセーフ！」

京十郎《きょうじゅうろう》がそういう声《こえ》をききながら、ぼくは、大《おお》きくひとつ息《いき》をはき、ホッとした思《おも》いでまわりを見《み》まわした。

ああ、だけど……、ほっとするのはまだ早《はや》かった。

玄関《げんかん》のドアを入《はい》った所《ところ》は、鬼灯医院《ほおずきいいん》の待《ま》ち合《あ》い室《しつ》。そこには、診察《しんさつ》の順番《じゅんばん》を待《ま》つオバケたちがすわっていた！

体《からだ》じゅうに目玉《めだま》をくっつけたオバケが、待《ま》ち合《あ》い室《しつ》のはじっこからジローリとこっちを見《み》た。

「ひえー！」

とさけんで、後《あと》ずさろうとしたが、体《からだ》がネバついて身動《みうご》きがとれない。

「ホオズキくん！　ドア……！　ドア、しめて！　ちゃんとしまってないよ！」

すぐ耳《みみ》もとでおマツのキイキイ声《ごえ》がひびいた。ドアの方《ほう》をふりかえろうとしたぼくの足《あし》になにかがさわった。

「うげっ！」

見《み》れば、黒《くろ》いひもみたいなものが、ぼくの右足《みぎあし》の足首《あしくび》にまきついている。

「わ、わ、わ、わ！　これ、マガマガの触角《しょっかく》だぁ！」

ぼくたちをおっかけて、ドアのこっち側《がわ》に入《はい》りこんできた触角《しょっかく》のせいで、ドアはまだ完全《かんぜん》にとじきれていなかった。すきまからのびる、黒《くろ》いひものような触角《しょっかく》がクネクネと床《ゆか》をはい、クモの巣《す》ネットの中《なか》にとじこめられたぼくらに、からみつこうとしている。

「わぁ！」

「きゃあ！」

「うひゃあ！」

三人《にん》がそれぞれ悲鳴《ひめい》をあげたしゅんかん、バタンといきおいよくドアの開《ひら》く音《おと》がした。

玄関《げんかん》のドアじゃない。開《ひら》いたのは診察室《しんさつしつ》のドアだ。

「うるさいっ！　待《ま》ち合《あ》い室《しつ》でさわいでるのは、だれだ！」

そこには、鬼灯先生《ほおずきせんせい》が鬼《おに》みたいな顔《かお》をして立《た》っていた。

6 助《たす》けて、鬼《ほお》灯《ずき》先《せん》生《せい》！

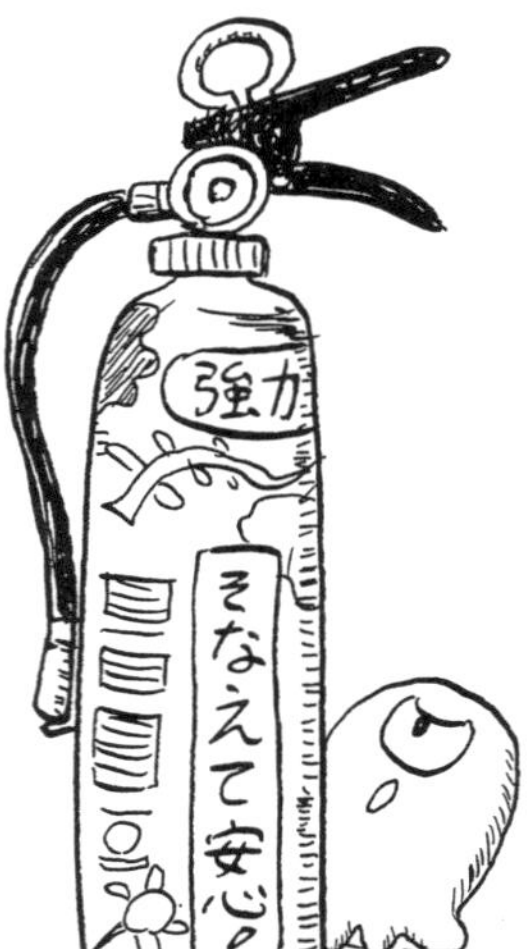

「おまえたちか」

鬼灯先生《ほおずきせんせい》はクモの巣《す》ネットでがんじがらめになったぼくらを見《み》ても、顔色《かおいろ》ひとつかえず、ふきげんにそういった。

でも、がんじがらめのぼくらにまきつこうとしているマガマガの触角《しょっかく》と、その触角《しょっかく》が入《はい》りこんできている玄関《げんかん》の入《い》り口《ぐち》を見《み》ると、「おっ！」とおどろきの声《こえ》をあげて、どなりだした。

「こらあ！　病院《びょういん》にマガマガをつれてくるなんて、どういうつもりだ！」

「つれてきたんじゃない！　かってについてきたんだ！」と京十郎《きょうじゅうろう》。

「先生《せんせい》、助《たす》けて！」と、ぼく。

「なんとかしてえ！」

と、おマツがさけんだ。

鬼灯先生《ほおずきせんせい》の行動《こうどう》はすばやかった。診察室《しんさつしつ》にとってかえすと、すぐ消火《しょうか》器《き》みたいな装置《そうち》をかかえ、待《ま》ち合《あ》い室《しつ》を通《とお》りぬけ、玄関《げんかん》にやってきた。

そして、マガマガの触角《しょっかく》にむかって、消火器《しょうかき》みたいな装置《そうち》から、消火《しょうか》剤《ざい》みたいなまっ白《しろ》いけむりを、モクモク、ガンガン、ふきかけたんだ！

ゲホゲホとせきこむぼくたち。ぼくたちのまわりには、いやあなにおいの白《しろ》いけむりが立《た》ちこめている。

目《め》からなみだを流《なが》しながらも、ぼくは、どこかでかいだことのあるにおいだなって思《おも》っていた。

だんだんと、けむりがおさまってくる。

「なんだよ、これ？　ウゲェ、くさい！　なにかけたんだよ！」

京十郎《きょうじゅうろう》がいうと、鬼灯先生《ほおずきせんせい》の落《お》ち着《つ》きはらった声《こえ》がきこえた。

「カメムシガスだ」

そうか、カメムシか！　このにおい、カメムシのにおいだったんだ！

納得《なっとく》するぼくの前《まえ》で、鬼灯先生《ほおずきせんせい》がまた口《くち》を開《ひら》いた。

「害虫級《がいちゅうきゅう》のやっかいなオバケは、これで撃退《げきたい》することにしている。ときどき、ここには、そういうやつが入《はい》りこんでくるんでな。あいつらは、カメムシのにおいに弱《よわ》いんだ。ほら、見《み》てみなさい。触手《しょくしゅ》をひっこめてにげていったぞ。」

鬼灯先生《ほおずきせんせい》のことばは本当《ほんとう》だった。さっきまで、ぼくらにからみつこうとしていたマガマガの触角《しょっかく》……いや、触手《しょくしゅ》はもう消《き》えていた。ほんの少《すこ》しすきまのあいたドアのむこうも、すっかりしずまっている。

「じゃ、もうだいじょうぶってこと？　マガマガは死《し》んじゃったの？」

おマツが、クモの巣《す》の中《なか》でつぶやくと、鬼灯先生《ほおずきせんせい》の目《め》がジロリとおマツをにらんだ。

「おい、おい。オバケをゴキブリかなんかとまちがえてるんじゃあるまいな？　殺虫剤《さっちゅうざい》をかけたら、一発《いっぱつ》でコロリっていうわけにはいかないんだぞ。あいつは、ただ、カメムシガスのにおいをきらって、にげていっただけさ」

「もう、もどってこないかな？」

ぼくがびくびくしながらつぶやくと、鬼灯先生《ほおずきせんせい》はかたをすくめた。

「それはどうかな？　カメムシガスのききめは一時的《いちじてき》なものだからな」

そういってから先生《せんせい》は、まだすきまのあいたままだった玄関《げんかん》のドアをぴたりととざし、ぼくたちを見《み》て、きびしくいった。

「とにかく、もう、さっさと出《で》ていってくれ。診察時間中《しんさつじかんちゅう》に、ここを通《とお》りぬけられるのは大《だい》めいわくだ。もちろん、病院《びょういん》にマガマガをつれこむなんて、もってのほか。今度《こんど》、こんなことをしでかしたら出入《でい》り禁止《きんし》だからな」

「つれこんだんじゃないって……」

と、いいかえす京十郎《きょうじゅうろう》のとなりから、おマツが、

「あのう……」

と、先生《せんせい》によびかけた。

「このネバネバのクモの巣《す》、なんとかしてもらえませんか？　このままだと家《いえ》にも帰《かえ》れないんですけど……」

ジローリと、鬼灯先生《ほおずきせんせい》がぼくらを見《み》る。先生《せんせい》は大《おお》きなため息《いき》をついて、腹《はら》だたしそうにいった。

「しかたのないやつらだ。待《ま》ち合《あ》い室《しつ》でおとなしく待《ま》ってろ。診察《しんさつ》の順《じゅん》番《ばん》がきたら、みてやるから」

「えーっ⁉　待《ま》ち合《あ》い室《しつ》で⁉」

悲鳴《ひめい》をあげるぼくを残《のこ》し、鬼灯先生《ほおずきせんせい》はさっさと診察室《しんさつしつ》にもどっていってしまった。

しかたなくぼくらは、三人《にん》ひとかたまりでクモの巣《す》ネットにからまったまま、オバケだらけの待《ま》ち合《あ》い室《しつ》のすみっこで、診察《しんさつ》の順番《じゅんばん》を待《ま》つことになった。

目玉《めだま》だらけのオバケや、一《ひと》つ目玉《めだま》のオバケ、ガマガエルみたいなやつや、タコっぽいオバケもいる。そいつらと目《め》が合《あ》うたび、ぼくはゾゾッとしながら、「どうも」と小《ちい》さく頭《あたま》をさげた。

「あれ、見《み》て」

おマツがひそひそ声《ごえ》で、ぼくにいった。

おマツの指《ゆび》さす方《ほう》を見《み》て、ぼくはもう一度《いちど》、ゾゾッとした。

待《ま》ち合《あ》い室《しつ》のすみっこにおいてあった、ぼくたちのランドセルのまわりに、何《なん》びきかのオバケが集《あつ》まっている。めずらしそうに、においをかいでいるやつ、中《なか》をのぞきこもうとしているやつ。

そのうち三《み》つ目《め》のオバケが、ぼくのランドセルを背中《せなか》にかつぐのが見《み》えた。

「そ、それ、ぼくのランドセルです。

すみませんが、おいといてもらえませんか？」

ネバネバのネットの中《なか》から、ぼくは勇気《ゆうき》をふるってオバケに声《こえ》をかけた。三つの目玉《めだま》がジローリとぼくの方《ほう》を見《み》る。

ぼくはおそろしくって、心臓《しんぞう》がとまりそうになったけど、オバケはおとなしくランドセルを背中《せなか》からおろしてくれたんだ。

ぼくらの順番《じゅんばん》は、なかなかまわってこない。

もちろん、自分《じぶん》たちでも、このネバネバネットをなんとかできないか、努力《どりょく》はしてみた。だけど、ネットの中《なか》にからまったまま、いくらがんばっても、よけいにからまるだけで、ちっともうまくいかなかったんだ。

満員《まんいん》だった待《ま》ち合《あ》い室《しつ》も、少《すこ》しずつオバケの数《かず》がへり、とうとう、ぼくらの順番《じゅんばん》がきた。

「京十郎《きょうじゅうろう》、入《はい》ってこい」

鬼灯先生《ほおずきせんせい》によばれて、ぼくたち三人《にん》は、えっちらおっちら、ネバつきながら診察室《しんさつしつ》の中《なか》に入《はい》っていった。

するといきなり、霧《きり》のような液体《えきたい》がシュワッとぼくらにふきかけられた。

さいわい、今度《こんど》は、さっきみたいにいやなにおいはしなかった。シュワシュワと、液体《えきたい》をふきかけられているうちに、ふと気《き》がつくと、どうだろう——。

あんなにネバネバへばりついていたクモの巣《す》のネットが、ハラリとほどけて、スルリとはがれ、ぼくたちの足《あし》もとに落《お》ちたじゃないか！

「やったー！」

自由《じゆう》になったぼくは、両《りょう》うででバンザイをしながらさけんだ。

「すごーい！　あんなにしっかりへばりついていたクモの巣《す》ネットが！」

と、おマツも感動《かんどう》している。

「こんなにすぐはがれるんなら、さっさとはがしてくれればいいだろ」

と、京十郎《きょうじゅうろう》がもんくをいった。

「まだ、おわっとらんぞ」

鬼灯先生《ほおずきせんせい》がいう。

「マガマガの触手《しょくしゅ》にさわられたようだから、ねんのため、ワクチンを打《う》っておいてやろう」

「えっ？　ワクチン？」

ぼくは、ききかえして、おマツと顔《かお》を見《み》あわせた。

「注射《ちゅうしゃ》ってことですか?」と、おマツ。

「注射《ちゅうしゃ》なんて、いらないよ」

と京十郎《きょうじゅうろう》がいうと、鬼灯先生《ほおずきせんせい》は、

「バカモン!」

と京十郎《きょうじゅうろう》をどなりつけた。

「マガマガをあまく見《み》てはいかんぞ。あいつの毒気《どくけ》にやられると、病気《びょうき》になったり、大《おお》けがをしたり、いろいろなわざわいに見《み》まわれるんだからな。それがいやなら、きっちりワクチンを打《う》っておくことだ。まったく、いったい、だれがマガマガを墓《はか》の下《した》からよびだしたりしたんだ」

「墓《はか》の下《した》からよびだした?」

ぼくは意味《いみ》がわからなくて、京十郎《きょうじゅうろう》の顔《かお》と鬼灯先生《ほおずきせんせい》の顔《かお》を見《み》くらべながら、ききかえした。

説明《せつめい》を始《はじ》めたのは京十郎《きょうじゅうろう》だった。

「マガマガっていうオバケは、ふつう、お墓《はか》の中《なか》……つまり地面《じめん》の下《した》にいて、そこから出《で》てくることはめったにないんだ。だれかが死《し》ぬだろ？　でも、そのだれかのうらみが消《き》えずに残《のこ》ってたりするとさ、長《なが》い時間《じかん》をかけて、その残《のこ》ってたうらみが、土《つち》の中《なか》でマガマガになるっていわれてるんだよ」

注射《ちゅうしゃ》のじゅんびをしながら、今度《こんど》は鬼灯先生《ほおずきせんせい》が口《くち》を開《ひら》く。

「マガマガが現《あらわ》れるのは、たいがい墓《はか》を荒《あ》らされたときだ。墓石《はかいし》をこわしたり、塚《つか》をくずしたりすると、出《で》てくるっていわれてる。おまえたちは、なにをした？」

「なんにもしてないって」

京十郎《きょうじゅうろう》が、むきになっていいかえす。

「今《いま》、うちの神社《じんじゃ》にマタタビゼミが発生《はっせい》してさ、ネコたちが境内《けいだい》に集《あつ》まっていて、おどりだしたんだよ。セミの声《こえ》にうかれて、ニャーゴロ、ニャーゴロ、うたいながら……。二百年《ひゃくねん》まえにもネコがおどったっていう記録《きろく》が神社《じんじゃ》に残《のこ》ってたんだけど、そのときは、どこからか八五郎《やごろう》っていう悪《わる》い鬼《おに》が現《あらわ》れて、村人《むらびと》をこまらせたそうなんだ。今日《きょう》、ネコの歌《うた》をきいてて気《き》がついたんだけど……」

鬼灯先生《ほおずきせんせい》が、シャツをめくりあげた京十郎《きょうじゅうろう》の左《ひだり》うでに、マガマガ・ワクチンの注射《ちゅうしゃ》を打《う》ったので、京十郎《きょうじゅうろう》は「イテ」といって、ちょっと顔《かお》をしかめた。それからまた、話《はなし》のさきを続《つづ》ける。

「で、気《き》がついたんだけど、ニャーゴロ、ニャーゴロってうたってるネコたちの声《こえ》が、ヤーゴロ、ヤーゴロってきこえるんだよな」

京十郎《きょうじゅうろう》がチラリとこっちを見《み》たので、ぼくは、「そう！　そう！」というように、大《おお》きくうなずいてみせた。

「つまり、二百年《ひゃくねん》まえの、鬼《おに》の八五郎《やごろう》は、名前《なまえ》をよばれたと思《おも》って、村《むら》にやってきたんじゃないかな。それで、今度《こんど》はまた、その八五郎《やごろう》のうらみから生《う》まれたマガマガが、ネコたちの歌《うた》によびよせられて、墓《はか》の下《した》から出《で》てきたっていうわけだよ」

「まあ、なかなかおもしろい考《かんが》えだが、その八五郎《やごろう》とかいう鬼《おに》のうまってる墓《はか》も一度確認《いちどかくにん》しておいた方《ほう》がいいぞ。知《し》らないうちに地震《じしん》や台風《たいふう》で墓《はか》や塚《つか》の石《いし》がたおれたり、くずれたりしている場合《ばあい》もあるからな。墓石《はかいし》がしっかりしていれば、ネコによばれたぐらいで、マガマガが地面《じめん》の下《した》からのこのこ出《で》てくることもなかったんじゃないか？」

鬼灯先生《ほおずきせんせい》はそういいながら、残《のこ》るぼくとおマツにも、手《て》ぎわよくワクチンを注射《ちゅうしゃ》してくれたんだ。

7　オバケたいじ作戦《さくせん》

鬼灯《ほおずき》医院《いいん》の玄関《げんかん》ですずをならし、鬼灯神社《おにあかりじんじゃ》にもどってみると、境内《けいだい》はやっぱり夕《ゆう》ぐれまえの気配《けはい》につつまれていた。

鬼灯《ほおずき》医院《いいん》の待《ま》ち合《あ》い室《しつ》で一時間《じかん》くらい待《ま》たされた気《き》がしたけど、こっちの世界《せかい》では、ほとんど時間《じかん》が流《なが》れていなかったようだ。

そういえば、まえに鬼灯医院《ほおずきいいん》にいったときも、そうだっけ……？

神社《じんじゃ》にもどったぼくたちは、鬼灯先生《ほおずきせんせい》のアドバイスにしたがって、急《いそ》いで、八五郎《やごろう》の墓《はか》、つまり鬼塚《おにづか》を見《み》にいった。

すると——。

なにが原因《げんいん》かわからないが、先生《せんせい》のいったとおり、神社《じんじゃ》のうら山《やま》の木《こ》立《だち》のかげにある鬼塚《おにづか》は、塚《つか》の石《いし》がたおれかけ、その上《うえ》に折《お》れた木《き》の枝《えだ》やら落《お》ち葉《ば》なんかがつみあがっていた。

ぼくらは三人《にん》で、鬼塚《おにづか》のまわりをきれいにして、かたむいている石《いし》をなんとか、まっすぐに立《た》てなおした。

「いちおう、これでよし！　と。あとでパパにいって、またたおれたりしないように、ちゃんと補強《ほきょう》してもらわないとな」

パンパンと手《て》をはたきながら、そういった京十郎《きょうじゅうろう》は、「さて」と、ぼくとおマツの方《ほう》へむきなおった。

「じゃあ、いっちょう、マガマガをよんで、塚《つか》においかえそうぜ」

「どうやって？」とおマツ。

「どうして？」

と、ぼくが同時《どうじ》にいった。

「まあ、おれにまかせとけって」

と京十郎《きょうじゅうろう》がいう。

「今《いま》からオバケたいじなんてむりだよ。もう家《いえ》に帰《かえ》らなくちゃ。学校《がっこう》の帰《かえ》り道《みち》に、そのまま来《き》ちゃってるんだから、お母《かあ》さんが心配《しんぱい》するよ」

ひっしにいうぼくを見《み》て、京十郎《きょうじゅうろう》は、

「ああ、それ心配《しんぱい》ないから」

といった。

「マッサキんちに、電話《でんわ》しといたから」

「え？　電話《でんわ》？　なんて電話《でんわ》したの？」

びっくりするぼくを見《み》ても、京十郎《きょうじゅうろう》は落《お》ち着《つ》きはらっている。

「今度《こんど》ひっこすことになったんだけど、そのまえにお別《わか》れ会《かい》をしたいから、放課後《ほうかご》、マッサキ……いや、橋本《はしもと》くんをぼくんちにさそってもいいですか？　って……」

「えーっ！　お母《かあ》さんに、そんなでたらめいったの？」

さけぶぼくを、京十郎《きょうじゅうろう》がジロリと見《み》る。

「でたらめじゃないし。ひっこすのも本当《ほんとう》だし、おれんちにさそったのも本当《ほんとう》だろ？　ここ、おれんちだぜ」

「だけど、これお別《わか》れ会《かい》じゃないよね？　オバケ調査《ちょうさ》によびつけただけじゃんか」

「まあ、まあ、まあ」

と、おマツが口《くち》をはさむ。

「それで？　うちにも電話《でんわ》しといてくれたの？」

京十郎《きょうじゅうろう》がうなずく。

「ああ。マッサキんちのお母《かあ》さんが、赤松《あかまつ》んちにも電話《でんわ》しといたげるってさ」

「それじゃ、オッケーね」

おマツは安心《あんしん》したようにいった。

「じゃあ、早《はや》いとこ、オバケたいじを始《はじ》めましょうよ」

「いや、いや、いや、いや。そうじゃないだろ？　帰《かえ》りがおそくなってもいいっていうのと、オバケたいじをしてもオッケーっていうのは、いっしょじゃないだろ？」

「いいか？　マッサキ」

京十郎《きょうじゅうろう》が、真剣《しんけん》な目《め》でぼくを見《み》た。

「マガマガっていうやつは、地面《じめん》の下《した》でおとなしくしてれば問題《もんだい》ないが、ああやって、外《そと》に出《で》てきたら、すっごくヤバいヤツなんだ。あいつにさわられたり息《いき》をはきかけられしたら、病気《びょうき》になったり、けがをしたり、事故《じこ》にあったり、わざわいに見《み》まわれる。早《はや》いとこ、塚《つか》の下《した》に帰《かえ》ってもらわないと、この町《まち》じゅうが大《だい》ピンチってことだ。だから、いいな？

力《ちから》をかしてくれ」

いつもぶあいそうな京十郎《きょうじゅうろう》に、あらたまって「力《ちから》をかしてくれ」なんていわれたら、しょうがない。

ぼくは海《うみ》より深《ふか》いため息《いき》をひとつつき、しぶしぶうなずいた。

「わかったよ」っていって……。

こうして、マガマガたいじ作戦《さくせん》が始《はじ》まった。

京十郎《きょうじゅうろう》は神社《じんじゃ》の倉庫《そうこ》から、りっぱな弓《ゆみ》と矢《や》を持《も》ちだしてきた。破魔弓《はまゆみ》と破魔矢《はまや》というアイテムらしい。ぼくとおマツは、ビニール袋《ぶくろ》に入《はい》ったあら塩《じお》をそれぞれわたされた。

「今《いま》からマガマガをよぶ。八五郎《やごろう》の名前《なまえ》をみんなでよんで、あいつが出《で》てきたら、作戦開始《さくせんかいし》だ。いいな？」

といわれ、ぼくとおマツは、京十郎《きょうじゅうろう》にむかってうなずいた。

「おれが合図《あいず》したら、ふたりは、あいつにむかって、塩《しお》を投《な》げつけてくれ。ふたり同時《どうじ》に、力《ちから》いっぱい塩《しお》をまくんだ。あとは、おれにまかせといてくれ」

（本当《ほんとう》かなあ？　だいじょうぶかなあ？　またしっぱいするんじゃないかなあ？）

と思《おも》いながら位置《いち》についた。

まず京十郎《きょうじゅうろう》が境内《けいだい》のまんなかで、まっさきに声《こえ》をはりあげた。

「おうい！　八五郎《やごろう》！　出《で》てこーい！　ヤーゴロー！」

ぼくとおマツも声《こえ》をあわせる。

「ヤゴロー！　ヤゴロー！　ヤーゴロー！」

神社《じんじゃ》をつつむ夕《ゆう》ぐれの気配《けはい》は、どんどん深《ふか》まっていた。

境内《けいだい》をかこむ木《き》ぎは夕《ゆう》やみににじんで、もう一本《ぽん》いっぽんを見《み》わけることはできない。

ぼくらの見《み》あげる空《そら》だけが、まだくれきれず、かすかな夕方《ゆうがた》の光《ひかり》を残《のこ》している。

「ヤーゴロー！　ヤーゴロー！」

「ヤーゴロー！　出《で》てこーい！」

上《うえ》を見《み》てさけび続《つづ》けていると、だんだんのどがいたくなってきた。

もしかして、マガマガはもうどこかにいっちゃって、このまま出《で》てこないんじゃないかな？　とぼくが思《おも》い始《はじ》めたときだった。

空《そら》にさっと黒《くろ》いかげがさした。よく見《み》ると、神社《じんじゃ》の上《うえ》におおいかぶさるように、黒《くろ》いもやもやしたかげが広《ひろ》がっている。

あいつだ！　マガマガだ！　すきとおった黒《くろ》いあしのないクラゲのような体《からだ》のまんなかから光《ひか》るふたつの目玉《めだま》が、じっとこっちを見《み》おろしている。

「ひゃあ……」

ぼくの口《くち》から小《ちい》さな悲鳴《ひめい》がもれる。

「来《き》たぞ！」

弓《ゆみ》に矢《や》をつがえながら、京十郎《きょうじゅうろう》がするどくいった。

「塩《しお》をまく用意《ようい》！」

そうぼくらに命《めい》じると京十郎《きょうじゅうろう》は、呪文《じゅもん》をとなえだした。

「ナマク　サマンダ　バサラナン……」

ぼくは、ドキドキするむねをおさえ、袋《ふくろ》の中《なか》から右手《みぎて》でたっぷりと塩《しお》をすくいあげ、ぐっとにぎった。

「センダ　マ　カ　ロ　シャナ　ソワタ　ヤ　ウン　タラタ　カン　マン……」

京十郎《きょうじゅうろう》の呪文《じゅもん》が続《つづ》く。頭《あたま》の上《うえ》では、マガマガがブカブカとゆれている。

そのとき、弓《ゆみ》をいっぱいにひきしぼった京十郎《きょうじゅうろう》がさけんだ。

「今《いま》だ！　塩《しお》をまけ！」

ぼくとおマツは、「待《ま》ってました」とばかりに、にぎりしめていた塩《しお》を力《ちから》いっぱい、頭《あたま》の上《うえ》のマガマガ目《め》がけて投《な》げつけた。

「えいっ！」

マガマガが大《おお》きく体《からだ》をふくらませるのが見《み》えた。ふくらんだ体《からだ》をぎゅっとすぼめ、ブワンと風《かぜ》をはきだす。

ぼくらの投《な》げつけた塩《しお》が、はげしい風《かぜ》にザザッとふきとばされた、そのとき――、京十郎《きょうじゅうろう》の弓《ゆみ》が、ビュンと矢《や》を放《はな》った。

「マガマガ退散《たいさん》！　ここを去《さ》り、地《ち》の底《そこ》へもどれ！」

京十郎《きょうじゅうろう》の声《こえ》が夕空《ゆうぞら》にひびく。

まっしぐらに空《そら》へとのぼった一本《ぽん》の破魔矢《はまや》は、みごと、マガマガのふたつの目玉《めだま》のまんなかに命中《めいちゅう》した。

パン！　となにかがはじけるような音《おと》がして、ゴオッと大《おお》きな風《かぜ》がまきおこった。

塩《しお》と砂《すな》まじりの風《かぜ》に体《たい》あたりをくらわされ、とても目《め》をあけていられない。ぼくは、すぐ近《ちか》くに生《は》えていたスギの木《き》につかまって、ギュッと目《め》をとじ、風《かぜ》がおさまるのを待《ま》った。

やっと、ふきあれていた風《かぜ》がやんで、おそるおそる目《め》をあけてみると、マガマガの姿《すがた》は消《き》えていた。

「おわったのか？」

しずまる境内《けいだい》を見《み》まわしながら、ぼくがたずねると、

「ああ、おわった」

と京十郎《きょうじゅうろう》がうなずいた。

「あいつが塩《しお》に気《き》をとられてるスキをねらって、破魔矢《はまや》を命中《めいちゅう》させたか

らな」

「マガマガはどこへいったの？」

おマツが境内《けいだい》を見《み》まわしながらきく。

「ついてこいよ」

京十郎《きょうじゅうろう》はそういって、神社《じんじゃ》のうらへむかった。

つれていかれたのは、さっきぼくたちが立《た》てなおした鬼塚《おにづか》の前《まえ》だ。見《み》ると、石《いし》の前《まえ》の地面《じめん》に一本《ぽん》の矢《や》がグサリとささっている。

「えっ？　さっき、京十郎《きょうじゅうろう》がとばした矢《や》だろ？　ここまでとんできたの？」

ぼくは、びっくりして目《め》をみはる。

塚《つか》の前《まえ》で京十郎《きょうじゅうろう》が話《はな》し始《はじ》めた。

「破魔矢《はまや》でマガマガを塚《つか》の下《した》においもどしたのさ。もう出《で》てこないように、パパにいって鬼塚《おにづか》をきちんと整《ととの》えてもらうよ。まえの神主《かんぬし》は鬼塚《おにづか》の手入《てい》れをさぼってたみたいだな。鬼塚《おにづか》を封印《ふういん》してた石《いし》がたおれかけ、そこにネコたちのなき声《ごえ》がきこえてきたもんだから、塚《つか》の中《なか》にいたマガマガが出《で》てきちゃったんだと思《おも》う。

マタタビゼミも、あと何日《なんにち》かでいなくなっちゃうだろうし、ネコのおどりもおさまるだろう。マガマガは地面《じめん》の下《した》にもどったし、これで解決《かいけつ》だな」

うれしそうにいう京十郎《きょうじゅうろう》を見《み》て、ぼくもおマツも、ほっとむねをなでおろした。

こうして、京十郎《きょうじゅうろう》が新《あたら》しい町《まち》で出《で》くわしたオバケ事件《じけん》は解決《かいけつ》し、ぼくとおマツは京十郎《きょうじゅうろう》に見送《みおく》られ、キリン公園《こうえん》に帰《かえ》ることになったんだ。
ホオズキのすずをならして鳥居《とりい》のとびらを通《とお》りぬけ、鬼灯医院《ほおずきいいん》の待《ま》ちあい室《しつ》でランドセルをかつぎあげ、診察室《しんさつしつ》の中《なか》を通《とお》って、診察室《しんさつしつ》のかべにあいた出口《でぐち》から、物《もの》おきの外《そと》に出《で》る。

そこは、日《ひ》のくれたキリン公園《こうえん》だった。

「じゃあな」

という京十郎《きょうじゅうろう》をふりかえって、思《おも》わずたずねてしまった。

「また、会《あ》えるよね?」

京十郎《きょうじゅうろう》がニヤリとわらう。

「ああ。また、オバケ探偵団集合《たんていだんしゅうごう》ってときは、よびにくるよ」

「こっちも、また、電話《でんわ》するね」

と、おマツがいった。

「なんか事件《じけん》の依頼《いらい》があって、ホオズキくんの力《ちから》をかりたいときは電話《でんわ》するから、ここを通《とお》って、こっちの町《まち》に来《き》てよね」

「了解《りょうかい》」

と元気《げんき》にうなずく京十郎《きょうじゅうろう》を見《み》て、ぼくの心《こころ》ははずみだす。

「そうだよね！　ここを通《とお》りぬけてくれば、すぐだもん。いつでも会《あ》えるよね！」

「こらぁ！」

という鬼灯先生《ほおずきせんせい》のどなり声《ごえ》に、ぼくたちはそろって首《くび》をすくめた。

「診察時間中《しんさつじかんちゅう》だぞ！　ここは、おまえたちのための通路《つうろ》じゃないといってておるだろうが！　いつまでも、ぺちゃくちゃしゃべってないで、とっととうせろ！」

「はあーい！　すみませーん！」

おマツが返事《へんじ》をかえし、ぺろりと舌《した》を出《だ》す。

「おじゃましましたあ！」

と、どなりながら、ぼくはあわてて物《もの》おきの戸《と》をしめた。

しめたあとすぐに、もう一回物《かいもの》おきの中《なか》を確《たし》かめたくなって、戸《と》をひっぱってみたけど、かぎがかかっていてあかなかった。

京十郎《きょうじゅうろう》はもういない。遠《とお》い町《まち》へいってしまった。

ぼくは、ガランとしたキリン公園《こうえん》の中《なか》を見《み》まわした。

オバケ目薬《めぐすり》のききめがまだ続《つづ》いているおかげで、二、三びきのオバケたちが、公園《こうえん》の中《なか》をフワフワただよっているのが見《み》える。

「きっと、またすぐ、ホオズキくんに会《あ》えるわよ」

となりでおマツが、ぼくをなぐさめるように、そういった。

「だって、世《よ》の中《なか》はオバケだらけだし、オバケ事件《じけん》だって、いっぱいおきてるんだから……」

「そうだね」

すぐ近《ちか》くをフワフワとんでいく、ひもみたいなオバケを見《み》つめながらぼくはいった。

「オバケ事件《じけん》があるかぎり、オバケ探偵団《たんていだん》は不滅《ふめつ》だもんね」

ひもみたいなオバケは、公園《こうえん》のすみのサクラの木《き》の方《ほう》へとんでいく。

そのサクラのこずえでは、春《はる》を待《ま》つ花《はな》のつぼみが、いっぱいにふくらんでいた。

もうすぐそこに、新《あたら》しい季節《きせつ》の近《ちか》づく気配《けはい》がした。

鬼《ほお》灯《ずき》京《きょう》十《じゅう》郎《ろう》の日《にっ》記《き》

今日《きょう》も、鬼灯《ほおずき》医《い》院《いん》は大《おお》いそがしだった。季節《きせつ》のかわりめには、オバケたちも体調《たいちょう》をくずしやすいものなのだ。発熱《はつねつ》や腹痛《ふくつう》、なんと花粉症《かふんしょう》のような症状《しょうじょう》のオバケもいるから、おどろかされる。やはり、オバケたちも、人間《にんげん》の世界《せかい》ではやっている病気《びょうき》と無関《むかん》係《けい》ではいられないようだ。今《いま》はまだ患者数《かんじゃすう》は少《すく》ないが、今後《こんご》は花粉症《かふんしょう》にかかるオバケがふえてくるかもしれない。

こんな大《おお》いそがしの鬼灯《ほおずき》医《い》院《いん》に、マガマガをつれこんだ、ふとどき者《もの》がいる。人間《にんげん》の男《おとこ》の子《こ》だ。わたしと同《おな》じ鬼灯京十郎《ほおずききょうじゅうろう》という名前《なまえ》から見《み》て、

この病院《びょういん》の次期院長《じきいんちょう》になる少年《しょうねん》と思《おも》われる。そいつが、「弟子《でし》にしてください」なんていうものだから、ついあまい顔《かお》をしたのがまずかった。病気《びょうき》でぐあいの悪《わる》いオバケが集《あつ》まっている所《ところ》に、あんなぶっそうなオバケをつれてくるとは！　マガマガの毒気《どくけ》にやられると、人間《にんげん》もオバケもひどい病気《びょうき》になったりけがをしたり、命《いのち》を落《お》とすことさえあるのだ！

弟子《でし》をクビにして、もう二度《にど》と病院《びょういん》に出入《でい》りできないようにしてやろうかと思《おも》ったが、がまんすることにした。思《おも》えば、わたしも子《こ》どものころは、オバケが好《す》きすぎて、かわり者《もの》あつかいされたり、さまざまなしっぱいをやらかしたものだ。

それに、もうじき本格的《ほんかくてき》なオバケインフルエンザの季節《きせつ》がやってくる。あの子《こ》と、あの子《こ》のふたりの友《とも》だち、あんまりたよりにならないが、手伝《てつだ》いがいないよりは、ましだろう。

マタタビゼミ

レア度《ど》

出現場所《しゅつげんばしょ》

何十年《なんじゅうねん》、何百年《なんびゃくねん》に１度《ど》、１週間《しゅうかん》ほどだけ現《あらわ》れる、
めずらしいオバケ。
冬《ふゆ》と春《はる》のあいだごろ、大量《たいりょう》に出現《しゅつげん》して、夕方《ゆうがた》のきまった時刻《じこく》に、
１本《ぽん》の木《き》に集《あつ》まって、なく。
光《ひか》ったセミのような姿《すがた》をしている。

習性《しゅうせい》

ネコ科《か》の動物《どうぶつ》にしかきこえない声《こえ》でなく。
ネコはその声《こえ》が大好《だいす》きで、
声《こえ》のする所《ところ》に強力《きょうりょく》に
よびよせられて、
うかれておどる。

たいじ方法《ほうほう》

１週間《しゅうかん》ほどすると、自然《しぜん》にいなくなる。
平和《へいわ》なオバケなので、たいじする必要《ひつよう》はない。

マガマガ

レア度《ど》

出現場所《しゅつげんばしょ》

こわれたお墓《はか》や塚《つか》から出《で》てきて、
さまざまな場所《ばしょ》に現《あらわ》れる。

習性《しゅうせい》

この世《よ》にうらみを残《のこ》した死者《ししゃ》の怨念《おんねん》が、
長《なが》い年月《ねんげつ》をかけて、土《つち》の中《なか》で凶暴《きょうぼう》なオバケとなる。
黒《くろ》くすきとおった大《おお》きなクラゲのような姿《すがた》で、
触手《しょくしゅ》から毒《どく》をふくんだ息《いき》をはく。
毒気《どくけ》にあたった人《ひと》は、
病気《びょうき》や大《おお》けがなどわざわいに見《み》まわれる。

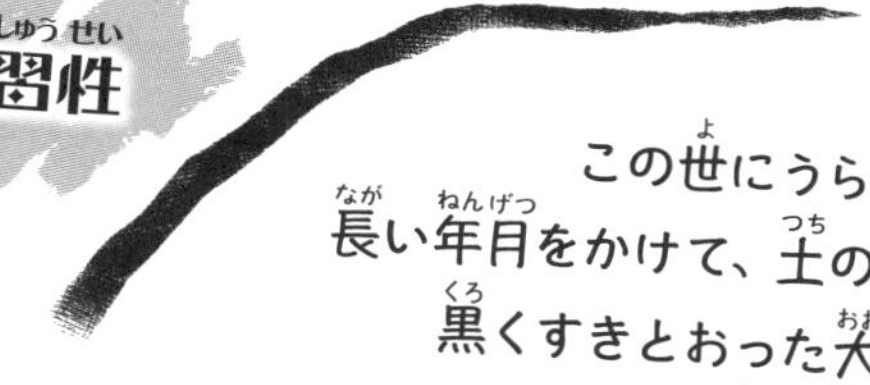

たいじ方法《ほうほう》

カメムシのくさいガスをふきかけると、
おいはらうことができ、
破魔矢《はまや》で両目《りょうめ》のあいだを射《い》ぬくと、
墓《はか》に封《ふう》じこめることができる。
墓《はか》や塚《つか》をきれいにして、きちんとまつると、マガマガが出《で》てくることはない。
また、マガマガ・ワクチンを打《う》っておくと、わざわいを防《ふせ》ぐことができる。

作家

富安陽子

とみやす ようこ

1959年、東京に生まれる。和光大学人文学部卒業。『クヌギ林のザワザワ荘』（あかね書房）で日本児童文学者協会新人賞、小学館文学賞、「小さなスズナ姫シリーズ」で新美南吉児童文学賞、『空へつづく神話』で産経児童出版文化賞、『盆まねき』（以上偕成社）で野間児童文芸賞、産経児童出版文化賞フジテレビ賞を受賞。そのほかに「内科・オバケ科　ホオズキ医院シリーズ」（ポプラ社）「菜の子先生シリーズ」（福音館書店）「シノダ！シリーズ」「博物館の少女シリーズ」（以上偕成社）「妖怪一家九十九さんシリーズ」（理論社）など多数の作品がある。

画家

小松良佳

こまつ よしか

1977年、埼玉県に生まれる。武蔵野美術大学視覚伝達デザイン科卒業。児童書の挿絵の仕事を中心に活躍し、自作の漫画も発表している。富安陽子氏との作品に『竜の巣』「内科・オバケ科　ホオズキ医院シリーズ」（以上ポプラ社）『ほこらの神さま』『それいけ！ ぼっこくん』（以上偕成社）があり、ほかに「お江戸の百太郎シリーズ」『つむぎがかぞくになった日』（以上ポプラ社）など多数の作品がある。

ホオズキくんの
オバケ事件簿《じけんぼ》
7

ネコがおどれば、鬼《おに》が来《く》る！

2024年9月　第1刷

作／富安陽子　絵／小松良佳

発行者／加藤裕樹
編集／松永 緑
装幀／岡﨑加奈子（ポプラ社デザイン室）
フォーマットデザイン／宮本久美子（ポプラ社デザイン室）
発行所／株式会社ポプラ社
〒141-8210　東京都品川区西五反田 3-5-8 JR目黒MARCビル12階
ホームページ www.poplar.co.jp
印刷・製本／中央精版印刷株式会社

ISBN978-4-591-18306-9 N.D.C.913／134P／21cm

P4149007